2014 年 4 月 30 日，
在“中华诗词赏析与创作”研修班开班式上，
北京航空航天大学校长怀进鹏院士
向蔡世平先生颁发驻校作家聘书。

2014 年春季北航驻校作家计划，
聚焦到传统文学领域，将主题明确为中华诗词赏析与创作。
怀进鹏校长在诗词研修班开班式上致辞期望，
让中华诗词之美融入师生的生活，
在校园中绽放出多彩的人文之花。

2014 年 5 月 14 日，“礼敬中华诗词 · 艺文雅集”
暨“词随心动”蔡世平诗词书法创作展开幕式，
在北航艺术馆举行。北航党委常务副书记张维维教授，
中国文联党组成员、书记处书记罗成琰教授等出席仪式并致辞。

“词随心动”蔡世平诗词书法创作展为配合诗词教学
及创作交流活动而举办，共展出蔡世平自书诗词作品 80 余件。
2014 年 5 月 25 日，展览还移师北航沙河校区艺文空间展出。
蔡世平的书法与诗词合璧连珠、相得益彰，
可谓“文先书后、书文并茂，情感抒发、结体超越”，
成为一次诗词文化传播的有益实践。

2014 年 5 月 14 日下午，北航艺术馆大厅洋溢着人文气韵和初夏诗意，
由北航文化与艺术传播研究院主办的“礼敬中华诗词·艺文雅集”活动，
在蔡世平书法展览现场隆重举行。李元华、薛怀喜、赵美丽、高育发、
林峰、赵安民等著名艺术家、诗词作家纷纷登台表演，
拓展了传统人文雅集的内涵和意蕴。

诗词研修班的莘莘学子踊跃参与艺文雅集活动，
或朗诵经典诗词作品，或吟诵自己创作的诗词习作。
北航大学生艺术团同学演奏的古筝和琵琶古曲，
为艺文雅集活动增添了古典的韵味。

课堂交流与互动。

北航驻校作家计划诗词研修班，共有 60 名在校本科生、研究生、
部分教职工以及社会诗词爱好者参与学习。
这个互动的不设门槛的人文课堂，
宛若一段孕育诗意、心随词飞的旅程，
构建了一个当代诗词赏析与创作的“有我之境”。

词韵诗心

驻校作家计划档案

蔡劲松 / 主编

北京航空航天大学出版社

北航驻校作家计划·艺文赏析与体验教育项目

2014年度春季《中华诗词赏析与创作》研修班

项目主持人

蔡劲松

课程主讲人

蔡世平

项目组成员

余敏 孙也程 冯瑜光 廖行

项目实施主体

北航文化与艺术传播研究院

本书主编

蔡劲松

副主编

余敏 孙也程

目 录

序言

作品

讲义

报道

附录

序言

XUYAN

回归与远行
——实施北航2014年度驻校作家计划札记

蔡劲松

一

随着互联网的全面兴起和大数据时代的来临，社会群体及个体的文化生活形态、结构与方式，都发生了巨大的改变。无疑，这样的改变对高等教育带来的影响和冲击是多向度的。其中，涉及到文化传统、人文精神与大学人个体生命成长等领域的范畴，是一个无法绕开、不可回避的方面。

稍许欣慰的是，越来越多的大学办学理念和育人格局有了较大转变，尽管其规模、类别不同，表述和探索也有差异，但无论是大学领导决策层还是专家学者，都不约而同将人才培养提到了作为大学根本职能与核心任务的高度。在以往注重传授专业性技术知识之外，不少大学纷纷开设通识或博雅课程，倡导并重视文化育人的实践效果，以提升学生的综合素养、完善学生的知识结构，促进学生养成独立健全的人格，让人们看到高等教育逐渐趋向内涵完整的可能性追求——以育人为本，正成为当下中国大学办学反思的必然结果和理性回归。

早在五年前，以“做学生的校长”为承诺的北京航空航天大学校长怀进鹏院士，提出了“把一流的学生培养成一流的人才，实施有温度的教育”的理念。在怀校长看来，高等教育的温度，就在于有一种发自内心的对学生的热爱，把优质办学资源转化为人才培养能力，给学生以无尽的关怀和引导，充分尊重学生的个性化发展需求，提供多样性的知识、文化和创新思维养成体系，培养他们具备科学基础、实践能力、人文素养三方面的潜质，并具备终身学习的能力，具备不断调整和优化、面向未来的综合素质。

近些年来，北航一直在朝着这个方向努力。文化和艺术，宛若校园中不可或缺的生长基因，正悄然改变着这所研究型大学的风貌与品格。越来越多的师生和社会观众，进入北航艺术馆、艺文空间或音乐厅，或赏析，或聆听，徜徉在被艺术滋养的空间里。静静地走进去，静静地坐下来，沉浸在美术、音乐及舞台艺术的精彩演绎之中。2013 年以来，我们也率先在中国大学校园实施具有实质内容的驻校艺术家 / 作家计划，尝试探索艺文赏析与体验教育项目，首届驻校艺术家计划开展了中国传统山水画互动教学，取得了令人惊喜的意外收获。艺术与文学的芬芳，似乎已留驻为可以被北航人铭记和分享的美好记忆，甚或是在浮躁的社会中寻求到文化慰藉的“飞行器”，开启一段关于文化追溯、一段关于心灵回归、一段关于精神远行的航程……

这一次，我们选择民族传统文化寰宇中那颗独具魅力的星座：中华诗词。

正如怀进鹏校长所指，培养根植于中华民族的文化自觉、文化自信和优秀的文化价值观尤为重要，这是学生适应未来发展的内核要素。特别是在高等教育国际化的必然趋势中，大学育人必须根植于中华文化，把握中国文化元素，吸取中华优秀文化之精华，才能具有鲜明的中国特色，才不会在高等教育国际化发展和创新人才培养转型的浪潮中迷失。

我们以为，无论中国山水绘画，还是中华诗词，尽管只是中华优秀传统文化之点滴或一隅，但文化的积习和养成就应当如此：秉持温情和敬意，打开心扉，让这些容易被忽视的“无用之用”，成为滋养每个人生命精神的一汪清泉。

二

经过半年多时间的筹划，2014 年春季北航驻校艺术家 / 作家计划，聚焦到传统文学领域，将主题明确为中华诗词的赏析与创作。

为什么是诗词?

我们知道，在中华文化的深厚土壤中，“诗言志”一直是一种悠久的传统。著名诗词学大家叶嘉莹先生曾经说，《诗经》提供给我们三种作诗的方法——赋、比、兴。它们是作诗的方法，而不仅仅是作诗的技巧，它们所揭示的，其实是作诗的时候你内心感动的由来：一个是由外物引起你内心的感动，一个是你内心先有了感动然后用一个外物的形象来表现，一个是你就直接用你说话的口吻和语气把你的感动表现出来。

自《诗经》以来，“志之所之，在心为志，发言为诗”，“情动于中而形于言”，可以感知，传统诗词作为中国古代文学之绚烂花朵，其生发和成长经历了怎样的境遇和迷局，使古人内心的情思、理念、意象和感悟得以广阔地抒发。在历史斑驳的语境中间，诗词在突破了自身的困惑与困境时，“言情”，自然也饱含在广义的“言志”中，进而步入道法自然、天人合一的传统人文精神轨道，逐渐转化为中国文化的文学审美特征和诗性风景。

那么，中华传统诗词的深邃风景能否映射到当今社会，成为网络时代人们在日常生活乃至时空维度上的精神延展呢?

窃以为，无论是现实世界还是虚拟世界，诗词都可以成为一个人丰盈内心、澄净心灵的载体，成为增进生活激情、升华理想境界的一种绽放的姿态，故而，诗词的性格是坚韧的；并且，诗词亦是深邃和高贵的，这在于它始终根植于历史文化城廓的格律、意蕴和情怀，在于它从个体生命自我表达到一个时代文化见证的坚守，在于它将那个时代的真实面貌与梦幻，恒久地交织在文学的酒酿中，悲情地、如醉如痴地、义无反顾地生长；再者，诗词的声音是浑厚的，是“美声”的，它不仅宣告着一种生活方式、一条被人文包裹和滋养的存在路径，更是值得人们追寻的审美体验和心灵旅程，即便充满了疑惑、甘苦与寂寞，但最终可以喻示生命与自然在历史之舟中渺小却顽强的那一面——与自然为友，与文学艺术相伴——诗词歌赋，无论何时都应当成为人们的精神回归、审美诉求和人文良知。

再回到大学校园，对中华诗词的继承和发展具有特别的意义。无论是让学生受到更多的传统诗词文化的熏染与教育，还是诗词本身的创作、研究及发展引导，都值得大学格外重视并承担起责任。本质上，这也是大学人文艺术素养或通识教育的重要内容，是启发学生学会在智识积累和日常生活中发现文学审美，从各自的经验出发体认传统诗词美，并将对经典文学的审美感悟和追求作为自身成长、发展过程中的一种基本素养。哪怕只是很少一部分学生，在诗词文化的传播中启迪了思维、陶冶了情操、提升了涵养，但对包括诗词在内的优秀传统文化在大学校园中的不懈弘扬与大力倡导，定将形成一种薪火传承、星火燎原之势，必然有益于学生健全人格的自我养成，更广泛地树立起人们对诗词乃至传统文化的敬意，或许才是真正的大学人文艺术素养教育之内核。

既然如此，我们的计划便是想方设法让中华诗词之美在校园中绽放，通过驻校作家计划的实施，将诗词赏析与创作结合起来，尽可能地向学生提供拓展人文视野，注重交流、体验与互动，让学生真正进入古典诗词的门槛，而非蜻蜓点水般吟读几首作品，肤浅地了解诗词的所谓“知识点”。或许，唯有将诗词从历史的深潭中“打捞”出来，将诗词从深奥的神坛上“拉扯”下来，经由当代重要诗词作家区别于以往常规课堂教学的驻校多层次教学投入和创作实践辅导，赏析与创作的成效才会逐渐显现，中华诗词的经典文化价值，才能转化为学生的感悟与体认，实现其当代文化价值和人文养成作用。

三

邀请蔡世平先生担任2014年春季北航驻校作家，主讲诗词赏析和创作、传播中华诗词文化，有一段“预设”的机缘。

2012年的一天，我被挚友、编辑出版家、中国青年出版社彭明榜主任送来的由他责编的《南园词》一书深深吸引。这是一本当代词人的作品集，作者蔡世平，湖南湘阴人，1955年出生，是中国作家协会会员、国家一级作家、中华诗词学会理事、《中华诗词》编委，现供职于国务院参事室、中央文史研究馆，任中华诗词研究院副院长。

这本装帧典雅、精致的词集的腰封上，印有多位学者、作家的“推荐语”。中国词学研究会会长、武汉大学王兆鹏教授认为“蔡世平的词，应该说为今后词的创作开辟了一个新的方向，建立起一种新的审美范式，提供了一个词体复活的成功样本，展现出词体艺术发展的乐观前景。”北京大学王一川教授认为“我感觉阅读蔡世平的旧体词是一个不可多得的愉快之旅，它使我恍若置身在古典宋词的世界，只是有时又感觉这世界有着当世的面貌。”湖南作协名誉主席、作家李元洛认为“蔡世平的当代旧体词，是中国古典诗歌，特别是宋词的一个新的发展，给词这种古老的文学样式焕发了新的生机，为当代诗词创作提供了有价值的参照系，向当代主流文学展示了旧体诗词的生命力。”……凭我的经验，如此严肃、郑重、充满肯定甚至欣喜的高度评价，被评者一定有着非凡的词学修养与创作能力。果然，《南园词》的封面上，印着如下几行小字：

词的神奇性在于，
能以最精短的语言实现人性的深度表达，
又能以最快的速度抵达人类遥远的精神故乡。

当代人的词应通过当代人的语言组合、安排，
出现新的意义和可能。
让读者大吃一惊，
话还可以这么说，
词还可以这么写。

要相信古人只是把词写好了，
但却没有把词写绝了。
生命没有终结，
词就不会终结。
所以，
今天我写词。

我深以为然，并被蔡世平的上述“激越”“霸气”甚至“绝断”的文学思绪、词学观念和创作动机所打动。至少，这些论断会吸引读者进入书中，把对词的深度阅读同对作者有着怎样的人生境遇、生命体验与启迪等的揣摩联系起来。当我反复泛读、精读《南园词》中的一百首词后，我亦可以先入为主地对蔡世平的诗词世界有一个整体的概貌，我甚至觉得，自己似乎早就熟识了这位年长我十多岁的文友。

在我看来，不同于当下多数诗词作者的“消遣性”写作，蔡世

平是一个兼具创造性、灵魂性的当代诗词作家。“蔡词”，极逞作者的人生路径与纷繁体验，致力于对传统诗词回溯基础上的继承、超越和现代性“造境”，是对人的生命力、想象力和文学创造力的不懈求索，让身边日常、生活琐碎不断浸入诗意词性，映照生命之哲思，使世间万物因诗词而动、为诗词所遣，进而完成传统诗词的当代叙事、精神转换和文化延展。

近两年，在明榜兄的“撮合”下，我和蔡世平先生有了多次深入交流，堪称心神意会、真切自在。2013 年 10 月 17 日，我们还一起策划了“诗词名家进校园”活动，由中华诗词研究院、北航文化与艺术传播研究院共同主办，邀请到 76 岁高龄的湖南作协名誉主席、著名作家、诗歌评论家李元洛做客北航大讲堂，为同学们做题为《唐诗宋词元曲的当代意义》的讲座。

那个晚上，能容纳 400 人的北航沙河校区学术报告厅座无虚席，大厅里数十次响起热烈的掌声。李元洛先生以“古典流连——畅游唐诗宋词元曲世界”为线索，以深厚的文学修养、超常的记忆力和演讲感染力，“将古典诗词与现代生活熔为一炉，将读万卷书和行万里路合为一事”，重点讲述了唐诗宋词元曲的精神意蕴和创作意义，与学生们分享了几十首唐诗宋词元曲名家的经典诗作。《静夜思》《江南好》《春江花月夜》《虞美人》……李元洛先生用兼具文学性和趣味性的语言，或诵读、或吟唱，娓娓道来中华古典诗词之美及诗人的生平趣事，带领同学们从时光隧道进入唐诗、宋词和元曲的世界，与唐诗、宋词和元曲的经典文人作家们进行面对面的灵魂交流与对话。讲座中，蔡世平先生也被邀请上台，朗诵自己创作的关于谭嗣同的两首词，引发了在场学生的思考与共鸣。

这次关于中华诗词的专题报告，现场互动十分活跃。李元洛先生在讲座上不时提问，引导同学们进入传统诗词的浓郁氛围，与大家一起背诵李白的《将进酒》等名篇。现场提出的关于古典诗词的多个具有较高难度的问题，同学都踊跃举手并回答出了正确答案。对此，我和李元洛、蔡世平先生都感到有点意外。“即便是北大中文系的学生，也不一定有北航同学这般古典文学素养。”李元洛先生评价说。也就是在主持这次讲座时，我萌生了以中华诗词为主题，策划实施驻校作家计划的想法。

当时，北航首届驻校艺术家计划“中国山水画赏析与创作”项目正处于实施过程中，驻校艺术家石晋先生的山水画个展，在沙河校区艺文空间里举办。在听取介绍和观看画展的过程中，李元洛、蔡世平先生对我们的人文艺术素养教育理念和做法很是赞同。记得在车上，蔡世平先生私下对我说，诗词也可以进入到大学校园里来，并且，他有办法让同学们对诗词产生兴趣，短期内掌握诗词创作要领。

我暗中窃喜，但并未急于作答。对于诗词为何进入校园、如何进入校园以及怎样实现诗词文化在大学的弘扬与传播，我当时心里完全无底。然而，有意无意之间，通过这次古典诗词讲座的经历，让我看到了北航同学中间对传统诗词满怀着浓厚的敬意、兴趣和渴求，也了解到蔡世平先生无私参与并努力尝试的意愿，为半年后我们正式实施驻校作家计划、开展诗词赏析与创作活动埋下了伏笔。

四

2013 年 12 月，记载北航首届驻校艺术家计划成果的《与艺术为友·驻校艺术家计划档案》一书，由北航出版社正式出版发行。全书包括引言（实施驻校艺术家计划札记）、36 名参加计划项目的学生撰写的同题艺术随笔72篇（题为“我成长过程中经历的艺术”“如果我是一名艺术家”“参加项目计划的感受”）、学生创作的山水画作品60幅、计划实施过程中的影像记录及相关资料附录。

该书甫一面世即受到广泛关注。当当网、卓越网等在推介这本书时，发布的文字即可见一斑：“中国高校首个驻校艺术家计划‘令人惊叹’的实施成果档案”；“72篇鲜活而精美的艺术随笔、60幅意外而精彩的山水画作品”；“‘让艺术驻校、以艺术为友’理念的倡导与实践”；“大学人文艺术素养教育的探索尝试及文本价值”……《光明日报》的报道认为，“实施驻校艺术家计划是北航在国内高校开展人文艺术素养教育的首次尝试……丰富了文学艺术与大学教育互补沟通的途径。”《中国教育报》报道说，“校园金秋多了些人文意蕴和艺术色彩，令人对北航驻校艺术家计划充满了期待。”《中国科学报》记者钟华全程参与并深入体验了该计划实施过程，她两次刊发深度报道：“令我惊讶、赞叹的是这些理工科学生，他们与艺术之间产生的奇妙的‘化学反应’”“当我受邀全程参与并采访北航首届驻校艺术家计划教育项目时，只是激动于可以接受到中国山水画艺术教育的采访‘福利’。那时，我还没有意识到，我将是中国高等教育中一次有重要意义改革的见证者。”

而此时此刻，我想得更多的是有了良好的开局，下一步我们将怎么做？如何才能持续保持驻校艺术家/作家计划的探索性、纯粹性和实效性？因为，大学人文艺术素养教育和文化育人，不应该只是一个空泛的概念，尤其需要进行当代探索和实践，才能在大学校园中营建一种“让文学艺术驻校、与文学艺术为友”的氛围。显而易见，实施内容的确定和驻校艺术家/作家的遴选，是决定计划成功与否的首要环节。有了前述铺垫，我将2014年春季学期拟邀请蔡世平先生担任驻校作家，开展中华诗词文化的校园传播的初步设想，向怀进鹏校长、张维维副书记作了汇报，得到他们的肯定和支持。

2014 年元旦前后，我开始正式与蔡世平先生商议邀请他驻校的有关事宜，他欣然应允并于百忙中启动相关申报程序和教学计划的拟定工作。我们分头并驱，制定计划方案、起草系列讲座大纲，反复讨论、沟通、修改，可谓不厌其烦、精益求精。春节过后刚开学不久，蔡世平先生就拿出了近五万字的教案大纲来到我的办公室。翻阅这厚厚的一叠稿子，我一下子释然了，我预感到这次计划已经奠定了良好的基础，即将迈入成功的门槛。

我们如此定位本次驻校作家计划：聚焦中华传统诗词、关注诗词文化的当代价值，依托于北航“艺文赏析与体验”（第二期）教育项目，以邀请驻校作家入驻校园，开办“中华诗词赏析与创作”研修班教学及实践的模式，开设系列讲座、举办诗词书法展及艺文雅集活动，交流指导诗词创作实践，营造与学员面对面交流探讨的教学空间，使学员对中华传统诗词的鉴赏能力和创作水平有较大的提升。

我们将这次诗词教学实践活动，当作一次诗词文化传播的当代实验推广，不采用通常的诗词典籍和概念化、程式化讲授模式，而是希望“让诗词从神坛上走下来，回到世俗民间；让诗词从学问家的文章中、书本上解放出来，回到我们的真实生活里。”（蔡世平语）。经过反复斟酌，系列讲座共设 8 次 16 个学时，于 4 月底至 5 月底期间每周三、周日下午集中授课。8 次讲座的内容分别为：“好语慰人间——诗词古今谈”“作诗容易——格律诗知识”“填词不难——长短句知识”“对联莫忽视——对联知识”“诗句欲圆时——诗词联创作之一”“跟着感觉走——诗词联创作之二”“诗是活的——诗词联创作之三”“神会来帮忙——诗词联创作之四”。

最终，这个互动的人文课堂不设门槛，共招收了60名学员，主要面向本校本科生、研究生。在满足学生需求的基础上也适度对外开放，招收了部分本校教工及社会诗词爱好者参与学习，其中本科生、研究生占三分之二，教职工和社会诗词爱好者为三分之一。

五

2014年4月30日下午，北航驻校作家计划“中华诗词赏析与创作”研修班，在学院路校区逸夫楼会议室举行简朴的开班式，校长怀进鹏院士为蔡世平颁发了2014年度北航驻校作家聘书。

怀进鹏校长在致辞中指出，一所大学的价值，往往体现于通过科学基础、实践能力、人文素养三个环节，在培养人才中创造知识、在创造知识中培养人才，构建大学教育中最基础、最核心的内容。传统诗词作为一种最持久、最有生命力的文学艺术，跨越了时空的界限，留给人们很多美好的思考，包括哲学的思考以及对人类文化的共同思考。对于诗词的学习和传播，能够帮助我们树立中华文化的自信，加深对中华文明内涵的理解，在培养学生人文素养的过程中，以一个崭新视角重新认识自我，使包括诗词文化在内的优秀文化传统蕴含的能量能够真正深入大学校园，滋养师生的内心，促进文学艺术与大学教育的互补。因此，无论是办好艺术馆、博物馆、音乐厅，还是探索驻校艺术家/作家计划，都是基于人才培养的国际视野和文化育人理念，致力于培育学生的创造性思维、科学与人文精神，打造一流的校园文化艺术教育环境。他希望，通过蔡世平先生驻校期间的系统讲授和实践创作指导，进一步激发同学们的文学艺术禀赋，提升学员的文学艺术通感和触类旁通的综合素质，让经典诗词之美融入师生的生活，在北航校园中绽放出多彩的人文之花。

简短的开班仪式后，蔡世平开始了“中华诗词赏析与创作”研修班课程的第一讲《好语慰人间——诗词古今谈》：“《诗经》是长出来的，唐诗是酿出来的，宋代诗词是养出来的，清代诗词是仿出来的，当代诗词是放出来的”……在随后的一个月间，蔡世平深厚的文学涵养、丰富的创作经验、鲜明平实的语言、激情饱满的耐心讲授，逐渐引领60名校内外学员步入中华传统诗词的殿堂，使大家受益匪浅。

当然，在研修班开讲初期，也出现了一些意想不到的难题。比如，蔡世平先生口音浓重的湖南普通话，让很多学员产生了“听觉障碍”。克服诸如此类的困难，还得感谢我的同事余敏、孙也程，她们做了大量案头准备，协助编印讲义、制作课件PPT，每次给学员发送课前短息通知，收发整理学员的作业供课堂讲解，甚至借来黑板以备现场板书和教学互动，多管齐下的办法发挥了作用，不少同学甚至觉得蔡世平老师的口音已不成其为问题，还越来越顺耳、越来越有特别的“韵味”了。

我知道，蔡世平讲课的独特“韵味”，其实源自于他的有意和用心。因为他特别看重这次担任驻校作家的契机，他希望通过这个项目，为改变传统诗词在当下寒碜、尴尬的局面做点探索性的努力，使诗词创作能够反映当代人的生活面貌，恢复应有的生气。

于是，蔡世平反复在课堂上讲自己的创作心得和深刻体会，讲最通常的格律知识和掌握诗词创作一般规律的诀窍，讲如何处理好诗词创作继承与创新、普及与提高的重要性，讲诗韵的变迁以及遵循“知古倡今、双规并行”原则的重要性，讲诗词创作的品格、灵感、潜意识甚至“神”的助力。他花大量时间和精力，认真点评学员的习作，并毫不吝啬地给与充分肯定与鼓励。他还让同学走上讲台，畅谈自己的创作心得和体会。

课堂内外，也曾多次有过争论和提问。

一次，有同学问：蔡老师，有一个问题我没太想明白，您讲“神”要按照神界的规则去生活，写作需要“神”来帮忙，我想请问您这具体是指什么？

蔡世平解释道，如果没有一点儿创作经历或写作实践，很难理解这句话的深度。有时候，我们创作出一首好作品时，常常会想这是我写的么？我怎么会有这么厉害，怎么写出来的啊？因为好多时候，创作者任凭自己想象，靠自身的积累和力量，是没有办法达到某种意外的艺术境界的。我认为这就是种创作中的“神”的力量，实际上就是一种“灵感”的作用。我在这里换了一种说法，但是的确与灵感又有不一样的方面。我回避了“灵感”这个词，因为大家都说灵感，说滥了，说成了一个抽象的概念。我认为创作中“神”这么个具体的东西，是一种可以和创作者对话的意外体验。一般说，诗词创作强调写想象中的可能，而非现实中的可能，现实中的可能是人进去的，而想象中的可能很多时候是靠创作者的灵感、悟性和“神性”偶然进去的。诗词创作活动以及所有上升到艺术层面的创作，常常会出现一种意想不到的效果，是创作者非常愉快与兴奋，这种情况就是“神来之笔”和“神性”，就是“神”来帮忙的结果。

类似的问答，其实是没有标准答案的。我以为，这就是作家进校讲课的魅力所在：作家往往能够超越一般的知识点或学术研究成果介绍，而侧重以其创作为参照，介绍他在这一创作领域的认知、构想、方法和真切体验，将学生引向另一扇充满创造性诱惑和艺术构想的文学之门。

蔡世平做到了这一点。不仅如此，他还将书法创作与诗词相结合，展示了文学艺术相互交融的奇妙境界。事实上，从众多著名传统文人身上我们看到，诗词、书法和绘画等艺术，一直是交织、交融、从未分离的。蔡世平延续了这一优势，他的书法创作源于自身对文学人生的体验与领悟，清新自然、质朴大气、不矫揉造作，具有十分鲜明的人文特征和价值，呈现出当代文人书家独有的文化气象与诗性情怀。由此，在诗词创作中做出重要建树的蔡世平，其文化修养和其艺途、文心、志趣亦是相辅相成，同样表现不俗的。

六

按照预先的约定，5 月 14 日下午，我们为配合驻校作家计划诗词教学及创作交流活动而精心策划举办的“词随心动——蔡世平诗词书法创作展”，在北航艺术馆隆重开幕。展览共展出蔡世平自书诗词作品80余件，展厅中的书法与诗词珠帘合璧、相得益彰，可谓“文先书后、书文并茂，情感抒发、结体超越”，成为一次诗词文化传播的有益实践。同时，《词随心动——蔡世平自书南园诗词》一书，也由中国青年出版社正式出版发行。北航党委常务副书记张维维，中国文联党组成员、书记处书记罗成琰，著名歌唱家李元华等出席展览开幕式并致辞，中国国家画院副院长、著名艺术家曾来德专程观看了展览，对蔡世平的书法创作给予了高度评价。

特别值得一提的是，以这次展览为契机，我们又在展览现场策划举办了别具一格、主题为“礼敬中华诗词”的北航艺文雅集活动，受到广泛关注。以“以文会友”为传统的文人雅集，可谓是中华文化史上独特的文化景观。这次活动，我们以驻校作家计划和诗词研修班为载体，围绕“礼敬中华诗词”的主线，邀请到多位知名艺术家、诗词家和学员们共同参与，目的是希望继承和弘扬一种人文交流、思维碰撞、艺术互动、激发创作的“在场”与“即兴”等理念，拓展诗词赏析与创作教学的形式，多维度地让诗词之美在校园里绽放。

在“礼敬中华诗词·北航艺文雅集”活动中，著名女高音歌唱家赵美丽率先登场演唱了毛泽东词《卜算子·咏梅》，中国歌剧舞剧院国家一级演员、著名歌唱家李元华饱含激情地演唱了李白诗《静夜思》等作品，从静谧的诗意到家国情怀，使现场学员和观众沉浸在诗词之美中。随后，刚刚毕业的硕士研究生田贵双声情并茂地朗诵了《春江花月夜》，北航大学生艺术团张梦月同学弹起了古筝《春江花月夜》，典雅而又细腻的旋律，再现了江南春夜的美妙景象。接下来，在淡雅的配乐声中，著名表演艺术家高育发朗诵了蔡世平词《卜算子·静夜思》及《贺新郎·说剑》，中华诗词杂志副主编林峰吟诵了蔡世平词《鹧鸪天·观荷》，著名男高音歌唱家薛怀喜演唱了《木鱼石的传说》，中国书籍出版社副总编辑赵安民吟诵了习近平词《念奴娇·追思焦裕禄》。

作为驻校作家计划诗词研修班的教学环节，学员们也踊跃参加艺文雅集活动。北航数学学院2010级本科生齐嘉悦同学朗诵了苏东坡词《水调歌头·明月几时有》。机械学院2012级本科生谢毅超同学朗诵了自己的诗词习作《水调歌头·莲》，宇航学院2013级硕士生王心慰同学朗诵了自己的诗词习作《五绝·出关》《七绝·怀楚》，计算机学院2012级硕士生文章乐同学朗诵了自己的诗词习作《五绝·春意》《七绝·秋雨》。北航大学生艺术团林也同学演奏的琵琶古曲《梅花三弄》，曲调婉转而悠扬，为艺文雅集活动增添了古典的韵味。最后，艺文雅集在李元华、赵美丽、薛怀喜三位歌唱家合唱的《我和我的祖国》歌声中落下帷幕，赢得现场学员和观众的热烈掌声，也给大家留下了无尽的诗意。

七

一个月，在中华诗词浩瀚的发展历程中，或是可忽略不计的一瞬间。然而，对参加这次驻校作家计划诗词研修班的40名在校本科生和研究生、20名本校教职工及社会诗词爱好者来说，这一个月的时间，却是孕育诗意、心随词飞（多数学员创作出了人生的第一首诗词作品），开启“诗意的栖居”新篇的一段难忘履历。

不止一位同学告诉我，听蔡世平老师讲课，有一种特殊的感动，因为他不光讲诗词如何的好，他还讲一个人如何才能真正进入诗词并因此而更好。他讲诗词，讲出了淡泊、超逸和景仰，讲出了豪情、讴歌和悲悯，讲出了平凡、细节与境界，讲出了真纯、灵性和热爱，讲出了率性、气节和人格……凡此种种，都与生命的真谛和价值有关，都和人生的态度与境遇相连，都是对现代生活中疏离、苦闷、荒谬、惶惑、反叛等的鞭挞甚至诀别。

的确，这短短的一个月间，蔡世平先生通过八次讲座、一场展览和艺文雅集活动，将诗词文化带到大学校园中，构建了一个当代诗词赏析与创作的“有我之境”——融诗词入鲜活的日常生活，把“我”置身于诗词之中，在传统人文诗意与当代文化景致间，倡导“以我观物”，以我之生命色彩，与现实世界悟对，在精神的追寻和远行中，传递美好的心灵与梦想。

行文至此，特填词《临江仙·词韵诗心》一首，是为记。

五月繁花开率性，蔡词造境菁菁。校园驻讲聚神灵。星空仰望，诗意正相邻。

铺采摛文生绚烂，续承岁月丰盈。翠华此处吐真情。诗词作伴，梦远不伶仃。

2014年6月15日

作品

ZUOPIN

谢毅超
北航机械工程及自动化学院2012级本科生

水调歌头·莲（外七首）

风坠清波里，蜓立小荷尖。忽来些许童趣，水上石飞旋。欲画江南颜色，用尽三千红绿，此处最缠绵。举目天高远，回首更无言。

出淤泥，沾雨露，惹人怜。莲根似笛，笛声散落白云间。百世纷纭过客，不染凡尘依旧，美誉为谁传。若有真君子，相见两安然。

临江仙·棋殇

百代方圆生死梦，纵横今古人寰。雄杰摆阵锁长安。狂言夸圣手，一子定全盘。

可料黄沙多血色，文心武魄轮番。悲情霸业几回传？凉风匀碧水，夜雨点苍山。

临江仙·柳

莫道江南春色老，年年雨浣新春。可怜梦里未归人。别时杨柳渡，醉后杏花村。

长叹此身非自在，还来空对金樽。青丝垂落慕红尘？横杆人钓影，唤月柳勾魂。

水调歌头·偶感

落日穿云海，千里尽昏黄。红霞半聚天宇，半醉水中央。月上梢头依旧，鸟隐花间独唱，孤影自成双。久在樊笼里，拭目也迷茫。

少闲情，多琐事，为谁忙？烦烦恼恼，何如趁月览华章。是夜明灯一盏，风扇遥相呼喝，催梦入仙乡。玉露香于酒，欲饮却珍藏。

沁园春·似水

又望层云，又数青山，又闻雁鸣。惜红花绿草，半余颜色，孤帆远影，俱是飘零。画外桃源，诗中净土，我欲高歌不见卿。凝眸处，正秋风似水，木叶如萍。

曾经多少柔情，算一段青丝一梦萦。奈新愁易变，徒添悲绪；故人难舍，更怅浮生。顺逆无常，荣枯有序，自向乾坤留姓名。千般事，恰千流出谷，各有回声。

沁园春·夜思

放眼推窗，夜色凄清，月色更凉。问楼前木叶，风来几度？天边流水，情定千江。笔走无题，花开有梦，许我尘心一段香。真无奈，纵忧愁遣尽，何处能藏？

铿锵一曲飞扬，倩几个知音话短长。恨关山隔阻，相思缠鬓；韶光戏弄，悲喜牵肠。聚散匆匆，音容渐隐，啼鸟声声怨未央。从头看，若当时无限，何惧沧桑。

浣溪沙·抒怀

一别乡关梦不同，此身依旧水波中。沉浮未尽怎从容。
对月狂歌今古恨，临风漫饮百千盅。始知醉后各西东。

雨

此雨年年过客乡，原来旧识换新妆。
萧萧郁悒风难解，细细离愁夜未央。
纵使多情思社稷，奈何无计洗沧桑。
敬君总有凌云志，留我寒窗别样香。

肖　超
北航自动化科学与电气工程学院2012级本科生

四月十五日狂风大作（外二首）

春来懒起眼惺忪，窗外忽闻异样声。
掠探凭栏何物甚，沙河风起白云惊。

怀月有感

被冷香销云梦断，心头冷暖欲言迟。
长亭纵有花千问，今夜月知人不知。

怀　旧

三年丝缕暗成裳，一度悲迷顾自茫。
徒叹今朝无限事，话风话雨话凄凉。

马 林
北航自动化科学与电气工程学院 2012 级本科生

秋晨有感

一座红楼梦也红，无痕春梦断东风。
千山明月伤情处，百里归途断旧魂。
犹记当年风雨暗，马蹄倥偬月明中。
而今复望秋风起，花落时分人不同。

梁萍萍
北航自动化科学与电气工程学院2012级本科生

夏日偶成（外一首）

长夏江楼事事频，骚人游客各西东。
青莲也作春风梦，欲放荷花片片红。

无 题

花去艳阳高，风生暑气消。
我知风易老，爬树去摘桃。

蔡鹏虎
北航能源与动力工程学院 2012 级本科生

题明月夜（外一首）

散淡闲云度若飞，月宫仙子有霜眉。
不知界下姻缘事，遥寄欢情到远闺。

春日杂感

暖意春风盎，斑斑树叶黄。
无言替生死，蜡泪两三行。

朱屹洁
北航航空科学与工程学院 2013 级本科生

述 怀

寒山翠色将凋尽，冻浦潮声冷未闻。
把酒盈樽邀共饮，今宵又是一年春。

黄文娟
北航航空科学与工程学院 2013 级本科生

咏 花

晶莹易碎俏花间，更衬娇羞羡煞仙。
不是春桃争妍色，哪来蜂蝶惹人怜。

齐嘉悦
北航数学与系统科学学院2010级本科生

归字谣·宵歌（外三首）

笙。倥偬歌宵引雁东。
榴莲寐，犹忆晚桥枫。

沙

世间多少事，恰似柳边花。
百舸争流过，江鸥戏暖沙。

无 题

世间多少事，恰似柳边花。
逐絮流莺舞，花香引落霞。

空

唱晚渔歌歇，忧怜落蕴红。
浮尘随浪渚，江凛阅峰松。

李 阳
北航交通科学与工程学院 2011 级本科生

玉兰（外一首）

玉兰不待叶发先开花，美丽如此，不必绿叶衬托其花朵，与众花不同，故咏之。

春意才兴早绽芽，一枝飞雪竞香花。
芬芳如此何拘束，不必绿荫映我霞。

大 风

北京雾霾连日不开，忽又添风雨，谁想大风吹散烟云，可感耐过风雨景色一新。

千里雾霾压帝都，大风吹雨撒寒珠。
云销烟散清凉气，耐过艰辛景色殊。

郭鹏程
北航交通科学与工程学院2012级本科生

观古书（外一首）

走笔孤灯里，读书自在时。
西风叨户纸，蛛网漏青丝。
衣锦青云起，传名四海知。
还来星鬓后，捧卷为谁痴？

武陵春·朦胧

孤月怎知秋已尽，花败意寒残。灯火阑珊影伴单。独自倚栏杆。

年少岂知肠断痛，对酒不酣眠。心海无涯初绊牵。怎料此茫然。

栾振军
北航交通科学与工程学院2012级本科生

渔歌子·感五月二十二日乌市暴恐（外一首）

夏日朝慵起欲迟。惊闻边塞暗刀尸。多少泪，有谁知。夕阳依旧魄何归。

春

草木葱茏丽蕊繁，春回大地换新天。
独怜孤燕蹁跹舞，应是伊人迷雾间。

孙 旭
北航交通科学与工程学院 2012 级本科生

春日感怀

蜂蝶纷飞绕暗香，沉吟莺燕醉清光。
诗人何事堪惆怅，梦远难回夜未央。

黎延熹
北航交通科学与工程学院 2012 级本科生

晚 春

绿树红墙裹素衣，春风往日可归期。
桃花落尽闲迟暮，四季轮回画换题。

马茹冰

北航交通科学与工程学院2012级本科生

思父（外一首）

晨来乍醒惊魂定，幸是伤神梦一篇。
但看晨曦和露洒，方知父爱重如山。

楹联

春风吹画里；
词意跃眉间。

王腾飞
北航经济管理学院2011级硕士生

踏莎行·读王安石传（外二首）

其　一

媚草幽花，黄蜂绿蚂。忽闻进士龙门踏。著章万句献君王，为安百姓和天下。

我正学词，君刚变法。惊得宰辅钟山罢。持灯一盏问荆公，欲求对错还真假。

其　二

鬓发虽稀，愁丝却密。悠悠万事难如意。世间哪有妙莲花，解开困扰知明细。

法系黎民，情安社稷。芸芸百态尝孤泣。庙堂再少执金吾，怎生盛世凌云笔。

长相思·重庆老麻抄手

北航西门有家重庆老麻抄手，川渝之人常向我推荐，味道正宗，一日得闲功夫去尝，滋味若绕梁三日，连吃两天。

咽也麻，吐也麻。麻醉千蕾万味啦，今宵只梦花。
看亦香，品亦香。香醉京师巴蜀郎，夜来梦也长。

孟 琪
北航外国语学院2012级硕士生

霾（外一首）

碧妆三月俏枝端，才晓东风燕子闲。
今日厌敷脂粉色，雾霾又上我青颜。

无 题

人生在世，挫折难免。换个角度，一切释然。

匆匆游子路，深涧阻前行。
天意犹怜我，偷闲歇脚程。

文章乐

北航计算机学院2012级硕士生

沁园春·初夏（外七首）

初夏亭园，芳逸牵魂，绿荫罩头。适同学漫步，闲情雅致；青年捧卷，文趣浓稠。拥簇蜂蝶，纷呈红紫，不爱南风何理由。香不断，正万端心意，装点神州。

好如年少时留。总醉梦、无寻烦与愁。似东水易逝，千般景色；流星转瞬，万样春秋。莫叹古稀，休言还早，安惧书生逆水舟。君焉畏，路弯多坎坷，前日绸缪。

浣溪沙·雾都

惨淡清明暗比昏，朦胧银帐远通浑。京华龙气也丢魂。

白日明灯寻路向，天阴目力混虚真。哪求正气满乾坤？

西江月·不语

层雨晓寒凉透，秋风色染难收。初眸菡萏尚娇羞。再见池边无候。

美景得时输岁，天缘易去难留。是非难断惹纷纠。只问能归谁咎。

春 意

远去青黄染，临身蕊瓣香。
寻花枝上闹，暖意入轩窗。

春雪

含羞待粉妆不艳，悄绽迎姿雪莫寒。
笑罢春光颜色少，芳身秀体落堪言。

鸟

枝青多唱和，不问日来忧。
连雨藏檐饿，寒风裹翅收。
少思愁处迫，多看乐时稠。
能度一天忍，生平好漫悠。

雪

素面无颜堪百媚，清心孤诣入凡尘。
寂寥人世多温润，未可留君顿匿痕。

蔡老师讲“神”

湖平天阔清风引，香郁芳菲彩翼来。
凡笔生花神入境，一言片语匠心裁。

王 晴
北航人文社会科学学院 2012 级硕士生

咏春（外一首）

高楼千鸟飞，小路尽芳菲。
花落如春雨，滴我半开蕾。

离 别

秋落雨还寒，人愁隔远山。
相思存不住，梦里有红颜。

陈一帆
北航人文社会科学学院 2013 级硕士生

登雁荡山一帆峰（外一首）

一帆拔地起，有水落天来。
活活山疑动，滔滔地欲开。

感遇

山鸟似犹啼往事，桃花依旧笑春风。
野藤牵我深林去，往来俱是有情人。

樊姗姗
北航人文社会科学学院2013级硕士生

绿园（外一首）

临水芙蓉藏翡翠，怀烟芳草绽葳蕤。
倚风露卧云庭里，入梦流萤四处飞。

闺 思

白裳独倚暮天春，菡萏香销暗自萦。
柳絮残飘如若梦，我从何处问多情。

王杏玄
北航自动化科学与电气工程学院2013级硕士生

如梦令·忆香山惜别友人（外一首）

还记香山坡路。你说我笑无数。奈何日暮凉，倏忽归途容皱。怎诉？怎诉？心陷一团迷雾！

春游感怀

朝观郁金花，夕赏玉楼霞。
何处心无碍？无时不想他！

张珀铭
北航自动化科学与电气工程学院 2013 级硕士生

为郭靖书（外三首）

掌底双龙亢，拳空竟克刚。
为侠真义士，决死护襄阳。

为杨过书

白衣双剑影，暗墓玉蜂情。
侠侣萍踪处，神雕天籁鸣。

为乌鲁木齐爆恐死难者书

夜梦朔风狂，今闻西北戕。
同胞流热血，何奈染残阳。

无 题

绿意浓浓红日斜，北航无处不飞花。
凉风惊起书生梦，正美南柯诗酒茶。

郑玮璐

北航电子信息工程学院 2013 级硕士生

如梦令·儿童节

犹记当年秀面。最喜漫天纸燕。又到六一时，好友已无相伴。惊叹。惊叹。弹指十年不见。

曹中原
北航材料科学与工程学院 2013 级硕士生

孤船夜行

航灯黯淡星飘渺，倦客忧愁独步行。
浪打船头涛似雨，醉凭栏角梦如萤。
无观月下双欢意，笑看烟中共伞情。
弦断莺飞花溅落，怀惭旧日枉销凝。

崔二亮
北航物理科学与核能工程学院 2013 级硕士生

闲中好·春日即景（外一首）

春风醉。绿柳添新味。碧水戏鸳鸯。杨花心上香。

闲中好·无题

胭脂泪。料峭留人醉。此去有归期。天涯要奋蹄。

王心慰
北航宇航学院 2013 级硕士生

忆江南·母亲节（外四首）

潇湘好，慈母待吾归。养育廿年恩似海，怀胎十月育花蕾。能不报春晖？

望 归

久困樊篱苦，心安不忘伊。
大寒雪未至，终岁得归期。

出 关

关塞莽然平，行人犹泪倾。
孤鸿缱绻望，似是故人情。

共勉

煌煌帝仰才子，熠熠如辉少年。
岂敢安邦定国，我今共效先贤。

无题

今夜浮尘掩月华，可怜春又去谁家。
长居大运村中客，无月闲人苦作茶。

李世昊

北航材料科学与工程学院 2013 级硕士生

落红吟（外一首）

荼蘼花叶旧，何意苦淹留。
自有魂归处，残芳染素丘。

无 题

子夜行幽径，但闻鹊鸟声。
蛩跫踱子意，簌簌落芳情。
众饮欢歌散，独杯酌酒倾。
凛然心遂淬，任尔刀枪鸣。

王 磊
北航材料科学与工程学院2013级硕士生

甲午年暮春初进实验室（外一首）

花红草碧叶青青，柳絮翩跹伴鸟鸣。
步履匆匆朝四教，科研任重正躬行。

记五月二十四日与即将毕业大师兄夜谈

数载读博酸几许，幽幽陋室话离情。
路途漫漫还修远，似剑箴言力断荆。

陈锡伟

北航机械工程及自动化学院2013级硕士生

言志（外一首）

登高宜望远，振翅好听风。
莫道无暇日，应呼亲友朋。

无 题

记一孤身残疾老人，怡然自得，安度晚年。

宁将断翅附残身，不与春风方便行。
莫怨晨莺惊晓梦，勤邀光景度平生。

赵浩云

北航文化与艺术传播研究院2013级硕士生

问 月

清风入梦上瑶台，云月缠绵乐不开。
悄问嫦娥何所在，可知我意应归来。

刘宏福

北航文化与艺术传播研究院 2013 级硕士生

水调歌头·夜雨（外一首）

夜雨院庭落，倦鸟入林间。倚栏追忆往事，幼趣乐心田。引伴呼朋嬉闹，阔论高谈无惧，我自任逍欢。回首复童乐，似是在昨天。

琉璃梦，翠竹志，剑侠怜。不曾丢弃，儿志惜藏内心源。如今弱冠而立，逐梦辛酸自在，任尔向人言。我欲乘风去，破釜与沉船。

鹧鸪天·暑夏

烈日当空鸟不翔。万生咸寂觅阴凉。蝉栖榆木声声叫，蝶落花间细细藏。

心意乱，石头旁。闲来生气望家乡。老翁握扇幽林影，童子举绦戏水塘。

张 丽
北航文化与艺术传播研究院2013级硕士生

醉花阴·思（外一首）

枯木辣风春未暖。慵自梳妆淡。镜里碎朱颜，睡眼朦胧，却与何人看。

绿轻红细冬将黯。只有金簪灿。窗下鬓云垂，杏面香腮，惊落群芳叹。

端 午

夜色悄然退，晨曦上笑眉。
龙舟今又忆，载得故人归。

熊雪茹
北航文化与艺术传播研究院 2013 级硕士生

浣溪沙·无题（外一首）

星火沉沉夜色凉，荷塘暑满映澜沧。纱橱玉枕月当窗。
梦里重游桑梓路，相思一寸也回廊。晓鸡声里碎柔肠。

七 夕

空见寒秋人去后，独留孤影月明时。
三年缭乱人天事，夜碎霖铃只剩思。

徐青青
北航文化与艺术传播研究院 2013 级硕士生

海棠（外一首）

嫣然一笑红妆淡，慢展宫眉片片痴。
才赏今宵花未谢，风摇嫩色韵新诗。

鹊桥仙·无题

深南桥下，摆摊寻梦，墨笔豪描骏马。跃腾寄志步云天，君莫笑，激扬华夏。

奇思异想，东流岂付，汗水平生挥洒。车薪杯水哪难人，融入那，海潮风雅。

殷然然
北航文化与艺术传播研究院 2013 级硕士生

雨后有感（外一首）

雨过信步沂水滨，草葱柳绿畅清心。
碧波悠悠随风远，鸟语啾啾耳畔喧。
雕栏玉砌虹桥上，曲径漫延草木深。

初 夏

闭门锁户居家闲，不觉院外夏日炎。
青杏遥知橙色转，扬飞慢送淡风闲。
身披彩帛悠悠步，目送园林绿葱珑。
碧水沁风迎面处，轻倚玉壁数峰青。

李文强

北航物理科学与核能工程学院 2012 级博士生

无 题

我欲去寻师，不知师可在。
欲将成果汇，又怕天无奈。

王文娟
北航人文社会科学学院2012级博士生

菩萨蛮·荷塘（外五首）

红鱼漫绕知荷碧。鸭雏乱走惊波起。绿水映白云。晴空飞树魂。

朝霞拂面醉。晚锦随风坠。只道静无思。小桥不忍依。

菩萨蛮·绿园

重重绿叶层层掩。层层残蕊重重叹。双燕暖巢忙。鸳鸯栖艳阳。

花空与月皓。写与君知道。休怪语多繁。情真生大千。

如梦令·叹春去

夏日绿荫清冷。青果难遮红冷。回首看枝头，泪洒青梅还冷。云冷。云冷。春去更无她冷。

如梦令·云

舒卷随风何处。晴雨姿形无数。一任尽逍遥，映满碧泉凝雾。相顾。相顾。寻遍四方无物。

卜算子·雨思

脉脉雨声稠，寂寂行人少。把伞踟蹰细细寻，何处曾相笑？
历历似曾闻，切切忙回绕。淡淡空烟漫漫风，物物疑君到。

晚 归

京华无处不飞花，花送愁人夜到家。
家在楼高风怒处，枝残叶落梦无涯。

田贵双

北航自动化科学与电气工程学院2011级硕士生

如梦令·春

燕喙衔春相嗅。池鸭游莲戏柳。提笔玉生香，墨韵兰花骨秀。相守。相守。何顾芭蕉雨骤。

宋 固
北航能源与动力工程学院2012级博士生

再读围城（外一首）

槐聚先生气纵横，旁观百态说浮萍。
出难进易围城论，有趣书生白面红。

偶 感

斜风细雨自飘零，小径灰墙人独行。
无意回眸前后路，万家灯火正通明。

李春芳
北航计算机学院博士后

登莲花山（外一首）

深山翠木登高处，望断天涯陡峭途。
险远寻常人罕至，风光览尽小城孤。

五一节寻景

循风觅路逐春深，未见风光惹梦魂。
处处空山桃杏艳，忽惊已上满怀身。

马良书
北航机械工程及自动化学院工业设计系副教授

忆秦娥·梦回家山（外四首）

春光暮，长宵梦断家山路。家山路。星沉草上，月眠花处。

邀来帝子凌波舞。千山携手同飞渡。同飞渡。去尘嚣外，伴春芳住。

回乡写生

岁岁芳菲蝶绕房，李桃梅杏柳摇窗。
描红点翠村头客，应是当年一画郎。

思 乡

年年芳翠绕山窗，几树桃红柳绿凉。
倦客天涯何处去，故园清酒梦长长。

题田园居

种菜田边种桃花，养兰园里养蓖麻。
东墙书案西墙画，笔墨稀疏若使耙。

独 行

独行岭上狼，双面冷如霜。
幽谷林中坐，夕阳草上苍。
心怡过霄汉，神勇越大荒。
寂寂银河暗，凄凄赴远方。

邓　怡
北航机械工程及自动化学院党委

长相思·酒泉行（外二首）

酒泉行。人伶仃。荒漠沙头星点青。胡杨一片林。
泪染巾。别亲情。寂寞航天壮士心。冲天赛猎鹰。

忆江南·夜

风雨静，夜色映归途。竹影密疏遮细月，水波旖旎荡心湖。何处问沉浮。

临江仙·下扬州

烟雨扬州花锦簇，环廊幽径迷途。蓬头遥指庆屏居。且行尚远，美景问西湖。

冷月不知人已逝，夜阑还照东吴。旧时烂漫揽还无。佳人已逝，声断发寥疏。

刘连忠
北航计算机学院教授

乌夜啼·感念（外一首）

晓来斜雨如磬，落花残。不道夜初湖畔，月斑斓。
蝉声透，欲何诉，孤影单。且倩幽情入梦，惹人怜。

感友人游园

袅袅紫竹路迂回，杨柳依依荷胜梅。
只恨此身非我有，空余惆怅对残杯。

万丽娜
北航国际交流合作处

江城子·柏林印象

柏林五月碧槐香。小街长，满城芳。登堡勃兰，多少好儿郎？千古硝烟无处觅，万湖水，浩波荡。

菩提树下翠林凉。有酒裹，啖香肠。遥指东疆，谈笑柏林墙。若看今年行脚处，还跨过，景悠长。

冯瑜光
北航新闻中心广播电视台

越 冬

听飞雁越冬，看雪落无声。
赏夜樱垂雨，画春水戏风。

杜奔新
北航航空科学与工程学院院办

校园春色

北航无处不飞花，嫩蕊繁枝吐绿芽。
春色满园关不住，何妨采摘向人夸。

赵典军
北航自动化科学与电气工程学院退休教师

月牙泉（外四首）

沙中魅影月牙泉，万年风吼泉不干。
泉畔巍峨树高阁，月泉阁中人如仙。
鸣沙山头人攒动，清澈泉映镜中天。
但愿山青泉如镜，山泉依依亿万年。

贺寿诗

天上仙桃大如斗，大圣难摘偶存留。
酿成万年琼浆液，香气袭人满神州。
寿星欢饮南山健，福如东海水长流。
人逢喜事精神爽，容颜变回十八九。

楹 联

跃马扬鞭老骥志万里，
莺飞燕舞新春花千重。

楹 联

德高如菊如松，
品洁如竹如梅。

楹 联

临池染翰烟云舒卷直登山阴之堂，
写经换鹅力追晋唐不离右军家法。

李汝辉
北航能源与动力工程学院退休教师

运河（外三首）

碧水胁流去卫津，白云劲舞现龙魂。
纤夫号子传佳讯，石院柳青令醉吟。

书画情

碧空烈日絮云飘，飞驾赤驹向海潮。
切盼书香品味好，八零五五激情高。

无 题

册里飘琴韵，画中显庶媛。
诗词追李杜，舞艺盖玉环。

楹 联

碧海蓝天益寿，
青山绿水延年。

陈元炎
北航自动化科学与电气工程学院退休教师

忆北航

高楼隐显树丛中，鸟语花香蜜蜂勤。
日月时流无奈去，返乡梦忆北航风。

樊志刚
北京中关村某电子公司

忆西湖（外三首）

雷峰塔下小孤山，飞向寒枝碧玉簪。
欲借春风梳细柳，梦中吹我到江南。

闻越南反华骚乱

茫茫南海西沙路，仍见当年三保舟。
但使长风能破浪，不教瘴疠使人愁。

游庐山剪刀峡

牯岭如天绕紫云，高崖路险斧痕深。
涧声飞瀑桃源里，盛世烟村犬吠闻。

登长城

一线苍龙天地连，牧耕烽火越千年。
秦皇若在声犹叹，游客纷纷不戍边。

李天宇

北京电子科技学院教师

游园林博物馆（外一首）

小镜覆香碧水洼，白鹅黄口对牙牙。
漫山烟雨些微醉，一树春风一树花。

小月河

小月弯弯浅浅流，清波好洗古今愁。
常来地北天南客，笑语频频作旅鸥。

邓燕敏

北京西城区牛街社区

渔歌子·北航学诗

五月槐花万里香。北航诗韵赋新章。调笑令，满庭芳。唐风宋韵好悠扬。

李国珩
中国电波传播研究所退休职工

如梦令·雪

冬日雪中玩雪。三代融融堆悦。迎面絮纷纷，天邃院中欢雀。飞雪。飞雪。携手瑞年赋乐。

刘新萍
中科院力学研究所退休职工

渔歌子·饿（外一首）

1960年冬大学宿舍里熄灯后。

长夜漫漫梦不眠。同窗枕上画糕餐。香米醉，肉汤甜。彷徨梦里过新年。

无 题

客舍罗城十二霜，天高风急雪茫茫。
夜来野鹿眠窗外，朝起孙儿数迹忙。

钟 华
中国科学报社记者

夜雨感怀

客舍京门十五春，人情世事几浮沉。
繁花灯影迷蒙雨，何处归程入梦魂。

徐红波
北京丰台某建设工程公司

沁园春·夜捉黄鼠狼（外三首）

庭院更深，月朗星稀，狗吠猿啼。看死伤鸡崽，形情惨烈；受惊活兔，神态悲凄。多日辛劳，精心照料，岂可凭它盗匪欺？决心定，欲捉偷鸡贼，瞧个稀奇。

寻得木棍竹篱。且布下机关待贼迷。见影移身动，园中灯暗；声传网落，窗外云低。爪短身长，皮光眼亮，须比羲之神笔稀。贼眉眼，叹只鸡未啖，坏了囊皮。

破阵子·同学偶聚京

欢饮家乡烈酒，重温大炕情深。朝发夕归千里外，乡音错杂黔外声。同学偶聚京。

纵论当今大势，心生万丈豪情。铲尽不平天下事，计收财富与功名。正好慰平生。

桂枝香·回故里

登高四顾，恰故里深春，山花无数。村落鸡鸣狗吠，叫声如故。炊烟飘向天空里，映波光，落霞孤鹜。旧居残破，乡亲无觅，旧人何处。

想当年欢歌笑逐。看人稀村败，情迷乡土。今日家乡变也，难言丰足。书中盛世云烟过，剩孤儿，老幼相续。远离时代，村中后辈，论何融入。

八声甘州·盼儿归

一修鞋老汉，几十年前儿丢失，为等儿寻回，几十年来守在修鞋摊，再没挪过地方。

看繁花落尽又一春，时光逝水流。尽莺飞燕舞，蛙鸣角落，鸟唱枝头。到处歌欢语笑，弥漫在新楼。独剩思儿父，伫立村头。

不换房屋工作，怕孩儿再现，无处寻求。恨多年等候，儿迹与谁谋。念佳儿、梦中相见；梦醒时，血泪往心流。平安处，异乡康健，莫再忧愁！

JIANGYI

讲义

《中华诗词赏析与创作》讲义大纲

蔡世平

第一讲　好语慰人间
——诗词古今谈

一、好语即为诗

何谓好语？好语有三个特征：一是眼睛好看，二是耳朵好听，三是嚼之有味，也就是视觉听觉味觉都好。

这就是人们所说的“诗”。

人是群居动物，因群居而产生人类社会。人要与人打交道，便产生了语言。好的语言人们喜欢，不好的语言人们不喜欢，甚至厌恶。古人说，“良言一句三冬暖，恶语伤人六月寒”。又说“春城无处不飞花”，人们喜欢飞花的春城，也喜欢说春城飞花的诗。这说明社会需要温软的有味道的语言。诗就这样产生了。

“人间要好诗”，是社会对好语言的呼唤。因此，让我们做一个诗人吧，写出优美的诗歌，来抚慰需要温暖的社会，抚慰呼唤美好的人间。

二、让诗从神坛上走下来

诗词沉淀了中华民族的历史。人的产生，语言、文字的产生，同时产生了诗。诗的历史，加上隐形的没有文字记载的，少说也有一万年乃至数万年吧。没有证据，只能如此推断。诗词曾经是十分的辉煌，也曾经是十分的沉寂。但诗词一经产生，就没有断流。它在中华民族的沧桑岁月里流淌。流过了昨天，流进了今天，闪着智慧的明亮的浪花向着明天流去。

中华诗词是我们民族文化的一条永恒的河流。

诗词创作了催生了中华诗学。诗词解析文章有如恒河沙数，诗词著作真是汗牛充栋。

几千年来，人们说诗词、写诗词。诗词，何曾一日休息过、清闲过。诗词高贵而且亲切，诗词神秘而且神奇。诗词无以穷尽，说不完也写不完。诗词背负了沉重的历史包袱，也背负了沉重的现实包袱。诗词是中华民族的爱，也是中华民族的痛。

今天的诗词有点累，今天的诗人也有点累。

人们喜爱诗词，同时也敬畏诗词，因敬畏而产生惧怕，生怕写不好诗词。写得好当然好，写得不好就会尴尬，甚至给人留下笑柄，所以干脆远离诗词。在这个社会，你不会诗词，日子照样光鲜，生活照样精彩。

但是，也有另外的一种情况。我有一个朋友，写小说的，决心大得很，干部不当了，辞职回老家农村写小说。他的理念是，诗为小技；他的口号是，从不看诗，也不写诗，更不赏诗。可是三年小说写下来，语言还停留在文字的初级阶段，更不要说发表小说了。所以，你可以不看诗、不写诗，放在肚子里莫说出来，说出来也会留下笑柄的，在中国会点诗词是文化人的一个符号。对于中国的知识分子来说，不会诗词也是说不过去的。

我不是学问家，对诗学的了解远远不够，但这并不妨碍我对诗词的解析与欣赏，我有我的诗词价值判断和诗词审美判断。这种判断如果能有些许新意，能够给大家提供哪怕是一点有用的东西，我就满足了。

我是一个作家，是一个诗词爱好者与创作者。今天，我是以一个作家的身份，而不是以学者的身份来讲诗词。

我讲的重点是诗词的写作，而不是诗词的学问与知识。因为诗词的学问与知识非常非常的多，书店里、网络上多的是，大家随时都可以找到。知识不是诗词的全部，而创造力加知识才是诗词的全部。

慧心即诗心，这是需要大家明白的一个道理。

我把我多年诗词创作的实践和体会讲给大家听，讲一首诗的产生，讲一首词的产生，也讲一副楹联的产生，跟大家一块分享我的快乐与艰辛。我相信，这是有价值的。我以自己理解的方式来同大家一起讨论诗词，希望能达到像王国维讲的“不隔”的效果。

启发创作者的思维，才是我最想要做的事情。

我的理念是，让诗从神坛上走下来，回到世俗民间；让诗从学问家的文章中、书本上解放出来，回到我们的真实生活里。

我要让大家明白，诗词并不复杂，写诗、填词、作联并不难，是一学就会，一点就通的东西。

因此，我回到简单说诗词。

三、学点母语诗词好

旧体诗词是中华民族的自然生长物，一如原野上的林木与花草，带着汉语言文字的质朴与芬芳。别看她存在了几千年，但今天，她仍然是活着的，活在我们的语言文字里，活在我们的日常生活中。

旧体诗词是中华民族的精神出口，它帮助你来消化你的喜怒哀乐。

只要汉语言文字存在，旧体诗词就会存在。

汉语言文字的特点是一字一音，平仄分高低。声又分了韵，字虽多，但都归了类，好记又好懂。

我们说话有快有慢，节奏分明。一字一顿或二字一顿，或三字一顿，或四字一顿。如平常用语：

妈。

妈妈。

平安里。天安门。

你，来吗？我，来了。

爸爸妈妈。爷爷奶奶。

这就是我们口语中的一字句、二字句、三字句、四字句。

如上古歌谣：

断竹，续竹。

飞土，逐肉。

这是《吴越春秋》保存下来的先秦无名氏的《弹歌》，描写原始人制造工具并围猎的过程。南朝的刘勰考证为黄帝时期的歌谣，称之为“二言之始”。

这里的“竹”“土”“肉”是同一个声韵，排在一块就成了“诗”，是简单的“诗”。这首诗每两字为一句，刘勰认为代表了诗歌史上的“二言诗”阶段。两字一顿，也构成了中国诗歌最基本的节奏单元。

如《古诗源》的第一首诗《击壤歌》：

日出而作，日入而息。

凿井而饮，耕田而食。

帝力于我何有哉。

这里的“息”“食”是同一个声韵，排在一块就是“诗”，是比上古歌谣稍微复杂一点的“诗”。句式以四言为主，后来的《诗经》也是以四言为主，代表了“四言诗”阶段。

再如唐杜牧的诗：

烟笼寒水月笼沙，夜泊秦淮近酒家。

商女不知亡国恨，隔江犹唱后庭花。

这里的“沙”“家”“花”，是一个声韵，排在一块就是“诗”，是比《击壤歌》又复杂一点的诗。诗就是这么由简单到复杂发展起来的。

汉语言、汉文字就这个样子。这种语言形态存在了上万年，甚至数十万年，已经进入汉民族的基因，是汉民族身体的一部分，亦是我们民族的精神图腾。有的人试图改造她、改变她，但都劳而无功。

旧体诗词就是这个样子。为什么格律诗是七律、七绝，而不是八律、八绝，九律、九绝呢，这是因为汉语说话说到第七个字就必须换气了，一口气说八个字，九个字就困难了。这就是汉语言文字的特性，与西方长句子的根本区别就在这里。

汉语言文字，亦如中华山川大地，沉厚丰富，绚丽多姿。你想想，谁又能改变土地的颜色呢？

汉语言是我们的母语。我们对汉语言有一种与生俱来的亲近与热爱。运用汉语言文字写旧体诗词，既可以安慰我们的大地母亲，又可以安妥自己的灵魂。

什么是诗？把话说得有韵有味就是诗。什么是韵？话说起来顺溜就是韵。什么是味？语言有点意思就是味。

意思大小深浅，决定诗品质的高下与优劣。诗就这么简简单单。

诗的品质在于个人的慧心与造化。

人间要好诗。好诗就在我们的生活里，就在我们的语言里。我有理由相信，从今天开始，会说汉语的人，会写汉字的人，都可以成为诗人，在座的各位都是诗人。我的“诗人”标准是两个：

既会欣赏诗，也会写作诗；不会写作诗，也会欣赏诗。

四、诗词五千年

诗词五千年，只是一个大致的时间概念。中华诗词经过了漫长的发育与发展过程。诗词发展的基本形态，我把它归纳成以下五句话：

1、《诗经》是长出来的。

长，就是自然生长，诗歌在它最初产生时，一定是一个非常自然的东西。那时候的社会管理还很不完善，意识形态还没有形成。率性为之是那个时代的特征，诗就这么在汉语言文字的土壤里生长出来。

《诗经》是汉族文学史上最早的一部诗歌总集，原称《诗》或《诗三百》，汉代才被尊称为“经”。它收集整理了自西周初年至春秋时期大约五百多年的诗歌作品，计三百零五篇诗，相传为孔子编定。

《诗经》在内容上分为风、雅、颂三部分。“风”是地方民歌，有十五国风，共160首；“雅”主要是朝廷乐歌，分大雅和小雅，共105篇；“颂”主要是宗庙乐歌，有40首。

《诗经》中，还有6篇有目无辞（有题目无内容），称为“笙诗”。《诗经》中的诗都是可以合乐演唱的。这6首诗，或者原来有文字，后来散佚了，或者本来就没有文字，只有题目（乐曲名）。

《诗经》中艺术成就最高的是民歌，主要收在《国风》中。“饥者歌其食，劳者歌其事”，是它们的共同特征。

《诗经》的表现手法主要是赋、比、兴。“赋”就是铺陈，“比”就是比喻，“兴”就是“先言他物以引起所咏之辞也”。

《诗经》中有个别篇章作者可考。屈原则是中国第一个有名有姓的伟大诗人。

如果说，《诗经》主要是北方的诗歌，那么，在南方呢？稍晚的战国后期，有屈原《离骚》为代表的楚辞体，成为中国抒情诗的第一个高峰。《离骚》被称为“杂言诗”，但它的句式以五、七言为主，奠定了后来诗歌句式的基础。

汉魏六朝也是中华诗词的一个重要时期。

汉魏六朝，一般称唐前（或称先唐。当然，广义唐前还可包括汉以前），一般指汉魏晋南北朝隋。这长达八百年间的诗歌，大都收录在逯钦立《先秦汉魏晋南北朝诗》中，共135卷。

这是一个“乐府诗”和民歌大放异彩的时代，是一个文人向风、骚传统和民间乐府诗歌学习，诞生了一系列著名诗人的时代，以曹植、陶渊明、谢灵运为杰出代表。

乐府诗，主要收在宋朝郭茂倩《乐府诗集》中。汉武帝设置音乐机构“乐府”，收集民歌，以观风俗。有名的如汉乐府《陌上桑》《孔雀东南飞》，南朝民歌如《西洲曲》，北朝民歌如《木兰辞》《敕勒歌》。

文人诗，汉末《古诗十九首》是最著名的文人五言诗，令历代文人顶礼膜拜，它的作者不可确考。这组诗最早收入南朝梁代萧纲主持的《玉台新咏》中，被称为“五言之冠冕”，“惊心魂魄，一字千金”，十九首句句可传。如《迢迢牵牛星》，被选入了多种初中语文教材。后人的“拟古”诗层出不穷，模拟的对象主要就是这十九首。

魏晋时期，有著名的“三曹”（曹操、曹植、曹丕）、“建安七子”（王粲、刘桢为代表）、“竹林七贤”（阮籍、嵇康为代表）。曹植改造乐府诗，为五言诗打上了浓厚的文人标记和个性化色彩，是这个时代最杰出的诗人。

陶渊明、谢灵运的伟大在于都是开宗立派的诗人，陶的田园诗、谢的山水诗对后世影响巨大。

沈约、谢朓为首的“竟陵八友”，钻研声律之学，提倡“四声八病”，倡为“永明体”，在当时称为“新体诗”，实开创了唐代近体诗，即律诗、绝句两种诗歌体裁，唐代又称今体诗，以与当时的“古诗”相区别。他们有些作品，是格律严整的五言律绝。

汉魏晋南北朝时期，也是诞生了新诗体的时代——五言诗的成熟是最大的标志。同时，鲍照、庾信等对七言歌行的发展也做出了很大贡献。如前所述，之前的《诗经》是四言诗，再往前有二言诗，而《离骚》则是杂言诗。

一般论诗，都要说汉魏“高格”，这是中国诗歌的最上层境界。唐以后，近体诗独盛，词、曲大兴，但其它原有的诗歌体裁，都没有整体超越先秦与汉魏六朝的水准。

2、唐诗是酿出来的。

唐代(公元618-907年)是我国古典诗歌发展的全盛时期。唐诗泛指创作于唐代的诗。

唐代是封建社会成熟的时代，生产力高度发展，人们的生活水平也大大提高。国家开疆拓土，士人建功立业是那个时代的精神标高。时代给诗词创作提供了丰厚的条件，所以唐诗是酿出来的。

大部分唐诗都收录在《全唐诗》中，康熙皇帝玄烨在《全唐诗》序中，谓全书共“得诗 42683 首，凡 2529 人”。其实，玄烨所举数目并不精确，日本学者平冈武夫编《唐代的诗人》《唐代的诗篇》，将《全唐诗》所收作家、作品逐一编号作了统计，结论是：该书共收诗 49403 首，句 1555 条，作者共 2873 人。

我们要明确，《全唐诗》既不是全部全唐诗，也没有收尽流传到后世的唐诗。此后，复旦大学陈尚君有《全唐诗补编》，共收诗 6327 首，句 1505 条；收诗人 1600 多位，其中新见者 900 余位。至此，唐诗作品存世者正式已知诗达 55730 首，句计 3060 条，所涉唐代诗人三千七八百位。这还不包括 1992 年夏天在湖南长沙唐窑出土瓷器上所题的几百首唐诗。据悉，“其中不少诗是《全唐诗》中没有收进去的”。

自唐朝开始，有关唐诗的选本不断涌现，而流传最广的当属蘅塘退士编选的《唐诗三百首》。岳麓书社 2013 年出版了李元洛的《唐诗新编今译三百首》，收录了《唐诗三百首》没有入选的唐诗名篇，并旁征博引古代诗词及现当代新诗、诗词以互相发明，值得参阅。

我在这里所说的“诗”，特指近体诗。一般不包括古体诗，也不包括散曲、民歌、鼓子词、道情等诗歌体裁。

唐诗的形式是多种多样的。基本形式有这样六种：五言古体诗，七言古体诗，五言绝句，七言绝句，五言律诗，七言律诗。

古体诗的风格是前代流传下来的，所以又叫古风。古体诗对音韵格律的要求比较宽：一首之中，句数可多可少，篇章可长可短，韵脚可以转换，每句字数有时也不强求完全一致。

近体诗是当时的新体诗，又称“今体诗”，对音韵格律的要求比较严：一首诗的句数有限定，即绝句四句，律诗八句，每句诗中用字的平仄声，有一定的规律，韵脚不能转换；律诗还要求中间四句成为对仗。所以又叫格律诗，是此后抒情诗最典型的形式，至今还为人们所喜闻乐见。

唐代的诗人特别多。李白、杜甫、白居易、王维是世界闻名的大诗人。

按时间，唐诗可分为“初盛中晚”四个阶段：

初唐四杰(王勃、杨炯、卢照邻、骆宾王)在题材上开拓了唐诗的空间，与六朝以咏物和咏女人（风露之形、茌席之上、床笫之间）为对象的宫体诗划清了界限；“沈宋”（沈佺期、宋之问）使近体诗的格律得以固定下来。

盛唐“王孟”（王维、孟浩然）山水田园诗派融合了陶渊明的田园诗和谢灵运的山水诗；“高岑”（高适、岑参）的边塞诗派发展了前代的战争题材诗歌；“诗仙”李白、“诗圣”杜甫并称“李杜”，是历史上最有名的“双子星座”。

中唐“元白诗派”（元稹、白居易）新乐府诗派，描写民间疾苦，走通俗一路；“韩孟诗派”(韩愈、孟郊)以文为诗，走险怪一路；韦柳(韦应物、柳宗元)继承王孟山水诗派又有新面貌；还有著名的“大历十才子”，如刘长卿（柴门闻犬吠）、韩翃（春城无处不飞花）等。

晚唐最有名的是“小李杜”（杜牧、李商隐），杜明快、李深婉，都写的很美。“姚贾诗派”（姚合、贾岛）走苦吟一路（如贾岛“推敲”的故事）。

3、宋（诗）词是养出来的。

宋朝的国土面积较之唐代是大大的缩小。宋朝不是一个雄强的时代，饱受外族侵略。宋朝重文轻武，文人注重心性的修养。而宋朝的经济又很繁荣，文人过着一种较为闲适、思想宽松的生活，因此我们说宋（诗）词是养出来的。

宋朝（公元 960 — 1279 年），以 1127 年为界，分为南北宋，故又称两宋。在唐诗之外，别开生面，以文字为诗、以议论为诗，是其所长，最大的特征是“以文为诗”。文学史上称“宋诗”，既指时代，也指风格。宋朝诗歌史上最重要的现象是“词”的兴盛，以至被后人视为宋代文学的代表体裁。

宋诗，现编有《全宋诗》，数量极多。

宋朝初期最有名的是学中晚唐的“白体”（学白居易）、“西昆体”（学李商隐）、“晚唐体”（学贾岛、姚合）等“宋初三体”。

宋朝中期以黄庭坚为代表的“江西诗派”，为宋代影响最大的诗派，倡一祖三宗之说，以杜甫为祖，黄庭坚、陈与义、陈师道为“宗”。宋朝人重学问，“资书以为诗”，又喜欢议论，“以议论为诗”，写诗方面最有名的理论是黄庭坚主张的“点铁成金，夺胎换骨”之法，也就是活剥古人。

其实，宋朝最有成就的诗人是欧阳修、苏轼（北宋）。

杨万里、范成大、陆游等都超越江西诗派，自成风格（南宋）。

宋朝晚期，“永嘉四灵”、江湖诗派比较有名。

永嘉四灵是生长于浙江永嘉(今浙江温州)的四位诗人：徐照、徐玑、翁卷、赵师秀，字号中都带有“灵”字。他们彼此旨趣相投，诗格相似，以晚唐贾岛、姚合为法，谓之唐体。他们专攻五律，七绝不多，但写得不错。七绝如翁卷《乡村四月》：“绿遍山原白满川，子规声里雨如烟。乡村四月闲人少，才了蚕桑又插田。”赵师秀《约客》：“黄梅时节家家雨，青草池塘处处蛙。有约不来过夜半，闲敲棋子落灯花。”

江湖派以书商陈起刻《江湖集》得名，作者群体多为小官僚或不得志的下层文人，多酬唱、步韵、赠人之作。

宋词，主要收入唐圭璋《全宋词》中。唐圭璋在综合诸家辑刻的基础上，广泛搜采，统汇于一处，编为《全宋词》。全书共计辑两宋词人1330余家，词作约20000首。近年来，编者又续作修订补正，写成《订补续记》，附于1979年重印本卷末。孔凡礼又编为《全宋词补辑》，收录作家140余人（其中41人，已见《全宋词》），词作430余首。

词本是配乐演唱的歌词，又称曲子词、长短句。一般认为产生于中晚唐，敦煌遗书中有一本《云瑶集杂曲子》，保存了民间词的原貌。中晚唐也有诗人填词，如白居易的《忆江南》。晚唐五代最有名的词集是《花间集》，又有《尊前集》，可见词早期常用于“花间”“尊（樽，酒具）前”，是红裙侑酒之作。

晚唐五代最有名的词人是温庭筠、韦庄、李煜、冯延已。据称，温庭筠外号“温八叉”，说是凡听一首乐曲，只须八叉手，就能根据乐曲填写一首可供演唱的歌词来，“能逐弦吹之音，为侧艳之词”。

因为词据乐曲来写，称为“填词”。当时词人填词大抵是这种状况。李煜用词来写亡国之悲，被王国维称为“用血书者”、“堂庑特大”，开两宋风气之先。

宋词在晚唐五代词的基础上，有了飞跃式发展。

柳永是第一个“专业词人”，为婉约派的代表。他创调（也就是新创作词牌）甚多，特别是慢词（长调）。同时，他用词来描写人生飘零之感和宋代都市的繁华，扩大了词表现生活的范围。他的词流传甚广，“凡有井水饮处，即能歌柳词”。

苏轼“横放杰出，自是曲子（词）中缚不住者”，一般说他创立了豪放派。他是以写诗的方式来写词，用词写农村风光，写历史题材（咏史怀古），写爱国情操，写悼亡，都富于开创性精神。辛弃疾与之相似，成就也相当。

李清照是最有名的女性词人，“不徒俯视巾帼，直欲压倒须眉”。她提倡“词别是一家”之说，批评柳永词“词语尘下”，批评苏轼词是“句读不葺之诗”。

宋代词人辈出，晏殊、晏几道、欧阳修等的小令，姜夔、周邦彦的慢词（他俩也善于创调），都达到了宋词的最高成就。

4、清（诗）词是仿出来的。

元朝的最高成就是散曲。唐诗、宋词、元曲是中国诗歌的三个高峰。

元、明两代，散曲、杂剧、传奇剧和小说等通俗文学流行，明朝人看不起宋诗，很多人都认为“宋无诗”。明朝诗歌主要在学唐还是学汉魏之间争论不休，如明代前七子、后七子等等都在仿古，而词缺乏自己的面貌。

清代诗词名家都不少，流传下来的作品更是多得不得了。学术界正在编《全清诗》、《全清词》。人们发现，这是一个工程浩大，几乎难以完成的任务。以《全清词》为例，张宏生主编《全清词（顺康卷20册、雍乾卷16册）》已出版。出版后，挂一漏万。几年后，《全清词（顺康卷补编）》就出了4巨册。

清代初期有吴伟业、钱谦益、龚鼎孳等明朝降臣称“江左三大家”代表诗人，吴伟业的歌行很有名，如《圆圆曲》的“冲冠一怒为红颜”，传为名句。清初还有大批不愿意做清朝官员的遗民诗人，数量更多。

康熙、乾隆以降，更是诗派林立。有王士祯为代表的神韵派（清闲淡远的风神韵致为神韵）、沈德潜为主的格调派（体裁和音节为格调）、翁方纲为代表的肌理派（学问和义理为肌理）、袁枚为代表的性灵派（表现真性情、风趣为性灵）。他们一起，消解了清初遗民诗的慷慨、悲怆、杀伐之音，符合统治者的审美需求。

黄景仁、龚自珍、黄遵宪也是清代诗人的佼佼者。特别是黄景仁，当今有很多诗人在学他，模拟他的七律《绮怀》成为一时风尚。

清代著名词人有朱彝尊、陈维崧和纳兰性德。纳兰性德的词像黄景仁的诗一样，现在的流行程度，丝毫不亚于唐宋的一流诗人。

总之，清代诗词被称为“中兴”期，实际上主要还是前代的仿制品，虽然成就很大，甚至某些方面超越前代，但还是脱不了“山寨版”的嫌疑，所以说是“仿”出来的。

5、当代词是放出来的。

旧体诗词是从农耕文明的土壤里产生的。诗词的发展，是伴随着中华文明史一块发展的。我们从诗经、乐府、唐诗、宋词、元曲和清代诗词的中兴，就可以看得很清楚。举清诗词为例，清诗词无论从数量还是从质量说，都不弱于唐诗宋词，但整体看，还是不能跟唐诗宋词比肩。为什么？是清朝诗人的智慧不如唐宋吗？是清朝诗人的学问不如唐宋吗？显然不是。那是因为产生诗歌的社会条件和土壤与唐宋时代没有根本变化，仍是农耕文明，仍是三亩地一头牛，老婆孩子热炕头。唐宋占了先机，时代和土壤的养料没有先期那么肥沃了。但是今天，时代完全变样了。

中华诗词的生存环境在今天出现了四大变化：

一是语言变了。白话文完全取代文言文，白话文生态已经形成。

二是生产方式和生活方式变了。中国社会由几千年的农耕文明一跃跨进工业文明、城市文明、信息文明。

过去的传统生产和手工劳作，今天大多已走进历史博物馆，完全褪去往日的风采，可怜兮兮地成为漫长时代的考古印记。今天，人们的吃、穿、住、行不完全依赖身体操作和土地耕种。“锄禾日当午，汗滴禾下土”、“晨兴理荒秽，带月荷锄归”的经典农耕形象，也只能定格在历史中了。城镇化的推进，种田人越来越少，粮食反而越来越多。几千年中华诗词主要以农耕文明为题材内容和以农耕文明为依托的材料配方，似乎难以适应今天的新时代，更是不能自由地、很好地表达今天这个时代了，诗人常常感到困惑和焦虑。

三是地球变成了一个村庄，信息全覆盖。美国总统奥巴马昨晚夜宴时的红萝卜，今天早上就可能被当作时髦食品，出现在中国边远小山村农妇的餐桌上。电脑改变了世界，地域与地域之间缩小到几乎没有信息距离，“秒杀”，是这个时代的常用词语。与此同时，社会差异也大大缩小了，世界的神秘性迅速消退，电讯拉近了人们的距离。古诗“天涯若比邻”就是今天人们的真实生活，因距离产生的“美感”被大大减弱。人们似乎都生活在一间彼此熟悉的屋子里，时空被切割得支离破碎，成为可以伸手即捉、抬眼即见、稍想即知的小物件。满世界的人都急着往前赶路，总以为前面会有新的发现。可“前面”的结果无不令人沮丧，于是又急匆匆往前赶去。

生活的快节奏把日月几乎压缩成了一个铁饼子，稀粥因此而坚硬，人们需要换一副好牙齿和一副好肠胃才能够去消化它。现在的问题是，这副好牙齿和好肠胃还没有准备好，进化还没有完成。人们因不适应而产生的焦躁情绪普遍存在，中华诗词细嚼慢咽的品味功能因之大大减弱，诗性的生活远没有从前那样来得轻松容易。

四是诗词理论变得多元化了。考察中华诗词的历史，无疑就是诗词作品和文艺理论共同生发、相互促进的历史。无论是先秦时期的“诗言志”、孔子的“思无邪”、孟子的“与民同乐”、老子的“大音希声，大象无形”，还是汉魏时期陆机的《文赋》、南朝时期刘勰的《文心雕龙》、钟嵘的《诗品》，还是唐宋及明清时期欧阳修的《六一诗话》、严羽的《沧浪诗话》、况周颐的《蕙风词话》以及王国维的《人间词话》等等，这些中式文艺理论无疑是丰富和独具特色的。它们从诗词中来，到诗词中去，指导诗词创作实践，产生了优秀的诗词作品和优秀的诗人词人。今天的人们似乎有理由骄傲，我们持有这么一份丰厚的祖宗留下的家业，够我们享用一辈子，还需要别的什么理论来指指点点么！

然而世界上的事情就偏偏不是由你想的，总有人要为你一难，有时甚至会把你逼到墙角，叫你忍气吞声，还手乏力。上世纪80年代国门大开，西方文化长驱直入，一下子撞进当代文学创作领地。受西方文学理论影响，朦胧诗闪亮登场，中国诗歌一时眼花缭乱。紧接着，在小说界，先锋文学异军突起，蔚为大观。在美术界，行为艺术奇招迭出，令人惊悚……中国几千年以来苦心经营、建构的文学艺术秩序，几乎一夜之间被打破。丹纳的《艺术哲学》、弗洛伊德的精神分析法、以及文学理论的名目繁多的各种“主义”，如“形式主义”文学理论、“结构主义”文学理论、“解构主义”文学理论、“后现代形态”文学理论等等，不一而足，令相当规模的当代文学作家趋之若鹜，以为找到了阿里巴巴的开门宝鉴，写作从此可以如鱼得水，畅游天下。

时代考验诗词，困境考验歌者。中华诗词如何面对时代的考验与挑战，是今天诗人词人需要正视和思考的一个课题。

我以为今天的诗词居住在一个豪华房间里，风来八方，是因为窗开四面。一扇开向传统，一扇开向未来，一扇开向东方，一扇开向西方。问题是我们不能被农耕文明的思维模式束缚，要打开窗门，敞开思维，迎接八面来风。

敞开思维，是要深刻认识我们所处的这个时代，这个时代的国家和人民，人民的生产和生活，以饱满的热情，以细腻的情感和文字，传达这个时代的心灵呼吸。

敞开思维，是要吸收人类文明的一切成果，来丰富我们的诗词写作。

今天，世界变成了一个村庄，这给我们的诗词写作提供了前所未有的表达空间。西方文学的许多表达方式都可以为我所用，它只会增强诗词的表现力和感染力。运用西方文学的表达方式写出来的诗词仍然可以成为纯粹的中华诗词，你会惊讶今天的诗词创作怎么会出现如此鲜活的精神面貌和产生奇异的文字效果。

敞开思维，是要深入到我们民族伟大的诗词传统里。这一次进去是你必须从传统里出来后的再进入，这样你的视角就会发生根本的变化。敞开思维进去与没有敞开思维进去，效果会大不相同。这一次你是抬着头进去的，你在惊叹我们民族伟大诗词传统的同时，会发现我们的诗词传统里，居然还有“无限多”的没有表达过、没有创造过的东西。你发现我们的诗词传统为今天的写作提供了一个又一个参照系，你会从中获得许多写作密码。你还发现李白、杜甫只不过是唐诗的绝对高度，王维、杜牧也不过只是是唐诗的平均高度，而我们今天也会创造自己的时代高度。这正是你积蓄力量，施展拳脚的地方，你在传统面前获得了从未有过的自信。你认识到对传统的盲目崇拜，传统的完美无缺，穷极天下，以至未来，是没有出息的表现。一个时代有一个时代的文学表达方式，要相信在“机器人”还没有成为“人”之前的时代，既是我们的诗词现在，同时也是我们的诗词未来。

第二讲　作诗容易
——格律诗基本知识

一、放下包袱来写诗

写诗要有一个轻松愉快的心情，一有思想负担，一有畏难情绪，诗人就不轻松，作诗就没有感觉了。作诗需要的是心花怒放。需要的是悲欣交集。需要的是岩浆喷发。需要的是天马行空。

几千年下来，诗人背负了沉重的观念包袱，写诗的念头好不容易冒了出来，立马就会有来头不小的名家出来指指点点了。

1、吟安一个字，捻断数茎须。

这是唐代卢延让说的。

《苦吟》：莫话诗中事，诗中难更无。吟安一个字，捻断数茎须。险觅天应闷，狂搜海亦枯。不同文赋易，为著者之乎。

2、二句三年得，一吟双泪流。

这是唐代贾岛说的。你看两个诗句子，三年才写出来。一吟双泪流，想想真是好苦啊!

3、汝果欲学诗，工夫在诗外。

这是宋朝陆游说的。

陆游《示子遹》：我初学诗日，但欲工藻绘；中年始少悟，渐若窥宏大。怪奇亦间出，如石漱湍濑。数仞李杜墙，常恨欠领会。元白才倚门，温李真自郐。正令笔扛鼎，亦未造三昧。诗为六艺一，岂用资狡狯?汝果欲学诗，工夫在诗外。

平平仄仄本来就难学，学了平仄还写不好诗，写诗还要靠诗外工夫。

真是太难了，不学罢了。

4、易学难工。

这是国学大师王国维说的。

王国维《人间词话》未刊稿：散文易学而难工，骈文难学而易工；近体诗易学而难工，古体诗难学而易工；小令易学而难工，长调难学而易工。

5、旧体诗词难学，青年人最好不要学。

这是毛泽东说的。

毛泽东在《致臧克家》信中说："旧诗可以写一些，但是不宜在青年中提倡，因为这种体裁束缚思想，又不易学。"（《毛泽东书信选集》第520页）。舒湮《一九五七年夏季我又见到了毛泽东主席》回忆毛泽东说："旧体诗词的格律过严，束缚人的思想，我一向不主张青年人花偌大精力去搞。"

名家都说旧体诗词难学，学不好，还学它作甚。这就需要我们放下这些思想包袱，轻轻松松来写诗。

二、诗被学问搞复杂了

1、诗被解读搞复杂了。

自从学问家、文艺理论家出现后，诗词就被强行拉入公众的视野，也拉入公众的轨道，亦如秦始皇的书同文、车同轨。然后，指出其诗好，好在哪里；其诗不好，又不好在哪里。有的这么解读，有的那么分析。都有理论依据，讲得头头是道。比如杜甫受到宋朝人的重视，他的诗在宋朝就有"千家注杜"之说，听起来就让人害怕。

再比如李商隐的一首七律《锦瑟》，各种解读文章不下数百种，成了诗词解不开的谜。诗就这样八句：

锦瑟无端五十弦，一弦一柱思华年。

庄生晓梦迷蝴蝶，望帝春心托杜鹃。

沧海月明珠有泪，蓝田日暖玉生烟。

此情可待成追忆，只是当时已惘然。

对这首诗主题的理解据说有50多种，每种都似乎能自圆其说。主要的有：

怀人说：这是最早的一种解说，见于北宋刘攽《中山诗话》：“李商隐有《锦瑟》诗，人莫晓其意。或谓是令狐楚家青衣也。”

咏瑟说：此说代表人物是苏轼。北宋黄朝英《靖康缃素杂记》记述：义山《锦瑟》诗……山谷道人读此诗，殊不晓其意，后以问东坡，东坡云：“此出《古今乐志》，云：‘锦瑟之为器也，其弦五十，其柱如之，其声也，适、怨、清、和。’”

悼亡说：最早启示此诗是悼念亡妻王氏的是明末清初的钱龙惕。他在《玉溪生诗笺》笺《锦瑟》云：“义山《房中曲》有‘归来已不见，锦瑟长于人’之句，此诗落句云：‘此情可待成追忆，只是当时已惘然。’或有所指，未可知也。”

自伤说：最早提出此说的当属金代诗人元好问，他《论诗三十绝句》（十二）云：“望帝春心托杜鹃，佳人锦瑟怨华年。诗家总爱西昆（指李商隐诗）好，独恨无人作郑笺（注解）。”元好问认为此诗主旨是“怨华年”，诗人借《锦瑟》这首诗来寄托他的华年之思、身世之悲。他的一生心事，都寄寓在这如杜鹃泣血般哀怨悲惋的诗作中，可惜后人没有作出正确的解读。

诗序说：《锦瑟》作于李商隐晚年，但在《李义山诗集》中却是排在篇首。据此有人认为《锦瑟》就是诗集的序言，李商隐借以阐明他的诗歌创作理念，最早提出此说的是清朝学者程湘衡。何焯《义门读书记·李义山诗集》曰：“亡友程湘衡谓此义山自题其诗以开集首者，次联言作诗之旨趣，中联又自明其匠巧也。”

混沌说：这是当代著名作家、文学评论家王蒙对《锦瑟》作出的最新解读。他认为解读《锦瑟》要在“无端”二字入手，诗人创作这首诗的缘起和诗表达的情感都是“无端”的。这种“无端”就是“惘然”，是诗人经历了人世间种种种磨难之后的别人无从明晓的情感经验和内心体验。

蔡世平说，这首诗正符合我的诗词审美观，诗词创作是要写想象中的可能，而不写现实中的可能。现实中的可能是由人写的，想象中的可能才是是神（艺术家）进去的。

2、诗被文艺理论搞复杂了。

虽说是中国人比较重感性，理性思维不强，缺乏“体大思精”的哲学著作，文学上更是如此。《论语》中有“诗无邪说”“兴观群怨说”，《孟子》中也讲“以意逆志”“知人论世”等等，但先秦两汉没有专门论文的著作。

最早的一篇文论要算曹操儿子曹丕的《典论》一书中的《论文》，提出“文以气为主”“诗赋欲丽”“文章经国之大业，不朽之盛事”“文人相轻”等种种观点，被称为“文学的自觉”。

汉代《毛诗序》提出“诗者，志之所之也”，这就是著名的“言志说”。还说到“温柔敦厚，诗教也”，这就是“温柔敦厚说”。

西晋陆机的《文赋》虽然是篇赋论，但讲到“诗缘情而绮靡”，提出了“缘情说”。

南朝齐梁间刘勰的《文心雕龙》五十篇，论诗的本质、结构、辞采等等，是一部理论体系很强的文学理论著作，这要算是一个特例。

大体同时的钟嵘《诗品》，专论五言诗，可称古代文艺理论的“双璧”。

唐代司空图《二十四诗品》提出了二十四种风格，什么雄浑、什么冲淡，复杂得很。

宋代严羽的《沧浪诗话》提出“别趣说”“兴趣说”“别材说”。再后来，所谓“性情说”“性灵说”“童心说”“神韵说”“肌理说”“格调说”“境界说”……

自宋朝欧阳修《六一诗话》以来，还有形形色色的诗话、词话，论诗诗、论诗书，各种序跋，提出了很多“理论”。五花八门，多得没法统计，让人眼花缭乱。都是“以己之是，非人之非”，让人莫名其妙。

仅仅围绕王国维2万字的《人间词话》，一百年来，解读著作就有好几百种，文章约2000篇，你说累不累？

五四新文化运动以来，西方文学思潮的涌入，一切就变得更加复杂化了。近几十年来，什么古典主义、浪漫主义、现实主义、现代主义、后现代主义、殖民主义、后殖民主义，什么读者批评理论，什么原型批评、什么荒诞派……可谓五花八门，应有尽有。

3、诗被名称搞复杂了。

体裁上就有："古体诗""近体诗"，有"五言绝句""七言绝句""五言排律""七言排律""古绝""律绝""歌行""乐府""词""令词""慢词""小令""中调""长调""散曲""套曲"等。"古体诗"中又有所谓"古风""乐府诗"之别，"古风"又有"歌""行""引""谣"之不同，"乐府诗"又有"清商曲辞""横吹曲辞"……

声律上有："四声""平仄""相对律""相粘律""一三五不论，二四六分明""孤平""三平调""三仄尾""拗""救""词律""词谱""齐言体"等。

用韵上有："押韵""切韵""广韵""平水韵""邻韵""换韵""柏梁体""宽韵""窄韵""词韵""诗韵""新声韵"等。

对仗上有："工对""宽对""流水对""隔句对""当句对""借对""偷春格""蜂格体"等。

还有"诗法""诗格""炼字""比兴""兴寄""风骨""兴象""诗境""境界""意境"，等等。

4、诗被规范搞复杂了。

自从近体诗出现后，诗被平仄格律规矩了。首句如何，第二句如何如何，第三句如何如何，第四句又如何如何。为了方便，每一句又都有名称，如八句的律诗细分为首联、颔联、颈联、尾联。仅平仄，就有错、对、粘等规则，有孤平、三仄尾等忌讳，又有什么拗、什么救，什么本句救、隔句救，第几字救第几字等名目。

词有上片、下片，结拍、歇拍、过片之分等。说到诗词，各种名称术语就有数百种。有兴趣的同学可以看看施蛰存《词学名词释义》这本书。

又比如讲到诗的句式，也很复杂。有学者总结五言句，每一字有或平或仄两种可能。按照数学的排列组合法，就是2的5次方，可以组成32种句式。七言句是2的7次方，可以组成128种句式。这128种句式就造成诗的变化多端，多姿多彩。

在这里我要特别指出的是，我丝毫没有反对学问和知识的意思。正是因为学问和诗词理论的出现促进了诗的繁荣，也引导了中华诗词沿着健康的轨道向前发展。

我的意思是学问知识和诗词创作没有必然的联系。文艺创作更加强调作家诗人的主观能动性，如果被学问和知识给束缚了，这才是要不得的。

三、回到简单来说诗

1、回到语言的简单。

简单不是浅显。真理是简单的，艺术也是简单的。诗就是人把话说得有韵致有味道一点。

广为流传的诗，语言都是很通俗的。平时怎么说话，就怎么写诗。如宋朝张俞《蚕妇》：

昨日入城市，归来泪满巾。
遍身罗绮者，不是养蚕人。

这就是在说话，毫不做作、夸张，怎么想就怎么说，说出来就是诗。

词，也多数是这样。如韦庄的两首《女冠子》：

四月十七，正是去年今日，别君时。忍泪佯低面，含羞半敛眉。不知魂已断，空有梦相随。除却天边月，没人知。

昨夜夜半，枕上分明梦见，语多时。依旧桃花面，频低柳叶眉。半羞还半喜，欲去又依依。觉来知是梦，不胜悲。

韦庄这两首词也就是说话，说出来就是很好的词。

2、回到平仄格律的简单。

平仄格律我总结三句话三十个字，理解了就全知晓了。

一句是：平仄错、对、粘，好记又方便。

一句是：尾韵是定调，一字管全篇。

一句是：一二三字尾，也是好简单。

这里最要紧的是，“平仄错对粘，好记又方便”，讲的是诗词平仄格律的基本规律。即一首诗的每一句平仄要错开。即两字（有时三字）一顿，平仄相间，交替前进。

诗的第二句（对句，即下一句）与第一句（出句，即上一句）平仄要相对。

诗的第三句（下一个出句）与第二句（上一个对句）平仄要粘住。

“尾韵是定调，一字管全篇。”即诗句尾字押的韵，只要确定一个字就行了。

“一二三字尾，也是好简单。”即诗的最后三个字要平平仄，或仄仄平，避免仄平仄，或平仄平。当然，诗有时意思好，也会仄平仄或平仄平，这叫拗句，下一句再想办法去救它。这种情况较少见。最好莫在拗句上下太多工夫。

下面试举数例来说明平仄、格律、韵脚在诗中的运用。例 1：

朱雀桥边野草花，

○●○○●●○

乌衣巷口夕阳斜。

○○●●●○○

旧时王谢堂前燕，

●○○●○○●

飞入寻常百姓家。

○●○○●●○

先看第一句“平仄错对粘，好记又方便”。

第一句的“错”，即两字一顿错开。

“朱雀”是一顿。“桥边”是一顿。“野草花”，是三字尾，也是一顿。圆圈是表平，黑点表仄，这样两字一顿的平仄就错开了。

第二句的“对”，即与第一句两字一顿正好相反。

“乌衣”与“朱雀”相对。“巷口”与“桥边”相对。“夕阳斜”与“野草花”相对。

第三句的“粘”，即与第二句的两字一顿要粘住。（偶数字平仄相同）

“旧时”与“乌衣”粘住。“王谢”与“巷口”粘住。“堂前燕”与“夕阳斜”粘住。

次看第二句“尾韵是定调，一字管全篇”。即第二句“斜”字是“麻”韵，第一句和第四句就都要用这个“麻”韵。

再看第三句“一二三字尾，也是好简单”。即每句的最后三个字须是“平平仄”或“仄平平”。第一句尾三字“野草花”，是“仄仄平”。第二句尾三字“夕阳斜”，是“仄平平”。第三句尾三字“堂前燕”，是“平平仄”。第四句尾三字“百姓家”，是“仄仄平”。

这就是平仄、格律、韵脚三个关键点，掌握了这三个关键点，平仄格律韵就基本上过关了。

当然还有四点须要注意。

一是每一句的第一个字、第三个字和第五字，可平可仄，就是常说的“一三五不论”。

二是每一句的第二个字、第四个字、第六个字要分明，就是常说的“二四六分明”。这种概括也不是太准确，大概而已，主要是为了更加自由地选择字与词。

三是如是律诗，后面四句又重复前四句即可。

四是五律、七律，中间两联（四句）要对偶。绝句可对，也可不对。

这就是近体诗的全部平仄格律。近体诗格律就是：平仄、对仗、押韵三种规则。

平仄。错、对、粘三种规则。“粘”的规则是“一三五不论，二四六分明”，前提是避免三平调、三仄尾、孤平。这就是全部的平仄律。准此，基本不用再考虑拗救问题。

对仗。要求上下两句字数相对、结构相同、词性相同、平仄相对、意思相关。绝句首尾两联，可对可不对。律诗中间两联，必须对。否则，就不算严格的近体诗。有“二十九种对”之说，可以不必拘泥。

押韵。就偶数句末尾必须用相同韵部的字。古人近体诗多符合《平水韵》，词多符合《词林正韵》。诗一般押平声韵，仄韵很少。补充有三：一是首句末字可平可仄，可入韵，也可不入韵；二是放宽点，邻韵可通押，特别是首句和尾句邻韵通押情况较多；三是今人有提倡用词韵写诗、用普通话韵部或各种“新韵”写诗。

我认为这三句三十个字的顺口溜，还是有点复杂，其实一首诗，七绝也好，七律也好，只须记住任何一句的第二个字，就可以推断出全篇的平仄格律。所以平仄格律，32 种句式也好，128 种句式也好，都可以不去管它。其实只须记住一个字，甚至一个字也不记就全知道了，免得越搞越复杂、越记越糊涂，以致本来一个小时、顶多两个小时就能搞定的东西，有的人学诗两三年，还云里雾里没有搞懂平仄。真是悲乎哉!

例 2：贾岛《渡桑干》

客舍并州已十霜，

●●○○●●○

归心日夜忆咸阳。

○○●●●○○

无端更渡桑干水，

○○●●○○●

却望并州是故乡。

●●○○●●○

例 3：卢纶《塞下曲》（乐府旧题，唐人用近体来写。）

月黑雁飞高，

●●●○○

单于夜遁逃。

○○●●○

欲将轻骑逐，

●○○●●

大雪满弓刀。

●●●○○

例 4：杜甫《登高》

风急天高猿啸哀，

○●○○○●○

渚清沙白鸟飞回。

●○○●●○○

无边落木萧萧下，

○○●●○○●

不尽长江滚滚来。

●●○○●●○

万里悲秋常作客，

●●○○○●●

百年多病独登台。

●○○●●○○

艰难苦恨繁霜鬓，

○○●●○○●

潦倒新停浊酒杯。

○●○○●●○

例 5：李白《早发白帝城》

朝辞白帝彩云间，

○○●●●○○

千里江陵一日还。

○●○○●●○

两岸猿声啼不住，

●●○○○●●

轻舟已过万重山。

○○●●●○○

例6：杜甫《绝句四首》之一

两个黄鹂鸣翠柳，

●●○○○●●

一行白鹭上青天。

●○●●●○○

窗含西岭千秋雪，

○○○●○○●

门泊东吴万里船。

○●○○●●○

例7：王之涣《登鹳雀楼》

白日依山尽，

●●○○●

黄河入海流。

○○●●○

欲穷千里目，

●○○●●

更上一层楼。

●●●○○

3、回到诗意的简单。

无论一首诗还是一首词，不需让它负载太多的东西。讲一个东西，就把一个东西讲清楚。尤其意象不能太多，太多了就感觉不知所云。

李商隐的《锦瑟》诗，就是意象太多，成心叫人搞不懂。《锦瑟》据说是朦胧诗的唐代版。

第三讲　填词不难
——长短句基本知识

一、我所理解的词

1、词是诗的变化与丰富。

形式上，诗的变化是有限的。无论是32种句式也好，128种句式也好，都是可以知道的。而词可谓变化无穷，供词人选择的余地非常大。词，造型丰富，形式感极强。

2、词是古人创造的既能通天入地，又能探幽访秘的神器。

词的神奇性在于，能以最精短的语言，实现人性的深度表达，又能以最快的速度抵达人类遥远的精神故乡。那里有父亲的微笑，母亲的叮咛。

二、词的基本知识

词是音乐文学，是配乐演唱的歌词。所以词又叫曲、曲子、曲词、曲子词、“乐府”，如现存最早的敦煌抄本词集就叫《云谣集杂曲子》，苏轼的词集叫《东坡乐府》，柳永的叫《乐章集》。

词与整齐的格律诗相比，句式长短变化多端，又称长短句，如辛弃疾的词集叫《稼轩长短句》。

1、词产生于隋唐。

词又称“长短句”“诗余”。人们写词，有两种方式，一种依曲填词，一种据词谱曲。

初始依曲填词较常见，“逐弦吹之音，为侧艳之词”，是听着曲子，根据“曲谱”的节奏来配词。后来，词逐渐脱离音乐，人们把分析诗的格律的方法，用来对有名的歌词进入格律分析，编成“词谱”，人们也可以依照这种“词谱”的格律来“填写”。当音乐失传后，就只能按词谱来写了。

词的乐曲名称，称为词牌，或词调。不同的乐曲旋律与节奏都不同，所以词牌规定了词的格律。如《菩萨蛮》《破阵子》《蝶恋花》《西江月》《金缕曲》《浪淘沙》（也有七绝格式的）等都是当时的流行曲子，所以填这种词牌的就多。

有些精通韵律的词人，也常常像写诗那样写些长短句，然后谱上曲，创造新的词牌。如柳永、周邦彦、姜夔就创了很多词调（词牌）。如姜夔的《暗香》《疏影》《长亭怨慢》都很有名，但是后人仿照填写的不多，可能一是曲子不流行，二是个性太强，难度太大。

要注意，后来人们填词，一般都不管这些了，词牌只管平仄格式。如写《浪淘沙》，可以既无浪，也无沙。写《忆江南》，跟江南可不发生关系。但刘禹锡写《浪淘沙》的诗却又是浪又是沙的：“九曲黄河万里沙，风淘浪簸自天涯。如今直上银河去，同到牵牛织女家。”

现在的流行歌词，就相当于那时的词。我们发现同一首歌有国语版、粤语版，歌词的内容并不一样。还有，好多流行歌是日本等地的曲子，配上了汉语的歌词。这两种，都跟古人填词差不多。但那时的词比现在的流行歌词要严整，节奏和韵律都要严格。

词的起源众说纷纭，有人认为起源于南朝民歌《杨柳枝》《子夜歌》，所以龙榆生把《竹枝词》也收入他的《唐宋名家词选》；有人认为起源于中晚唐，是受西域音乐的影响产生的，因为这些“胡乐”节奏鲜明，热烈奔放，传统整齐的诗句不适合作为这些曲子的歌词来唱，所以就产生了长短句；还有好多好多不确定的说法，这里不讲。现在有人认为发端于隋，理由是隋炀帝写了《纪辽东》。有人据此说是最早的词：

其一

辽东海北翦长鲸，风云万里清。方当销锋散马牛，旋师宴镐京。

前歌后舞振军威，饮至解戎衣。判不徒行万里去，空道五原归。

其二

秉旄仗节定辽东，俘馘变夷风。清歌凯捷九都水，归宴洛阳宫。

策功行赏不淹留，全军藉智谋。讵似南宫复道上，先封雍齿侯。

李白有《菩萨蛮》《忆秦娥》，被称为“百代词曲之祖”，但也有人怀疑其真实性。

菩萨蛮

平林漠漠烟如织。寒山一带伤心碧。暝色入高楼。有人楼上愁。

玉阶空伫立。宿鸟归飞急。何处是归程。长亭更短亭。

忆秦娥

箫声咽。秦娥梦断秦楼月。秦楼月。年年柳色。灞陵伤别。

乐游原上清秋节。咸阳古道音尘绝。音尘绝。西风残照，汉家陵阙。

中唐有张志和《渔父》：

西塞山前白鹭飞。桃花流水鳜鱼肥。青箬笠，绿蓑衣。斜风细雨不须归。

韦应物《调笑令》：

其一

胡马。胡马。远放燕支山下。跑沙跑雪独嘶。东望西望路迷。迷路。迷路。边草无穷日暮。

其二

河汉。河汉。晓挂秋城漫漫。愁人起望相思。塞北江南别离。离别。离别。河汉虽同路绝。

白居易《忆江南》：

江南好，风景旧曾谙。日出江花红胜火，春来江水绿如蓝。能不忆江南。

晚唐五代温庭筠《菩萨蛮》：

小山重叠金明灭。鬓云欲度香腮雪。懒起画蛾眉。弄妆梳洗迟。

照花前后镜。花面交相映。新贴绣罗襦。双双金鹧鸪。

韦庄《菩萨蛮》二首：

其一

红楼别夜堪惆怅。香灯半掩流苏帐。残月出门时。美人和泪辞。

琵琶金翠羽。弦上黄莺语。劝我早归家。绿窗人似花。

其二

洛阳城里春光好。洛阳才子他乡老。柳暗魏王堤。此时心转迷。

桃花春水渌。水上鸳鸯浴。凝恨对残晖。忆君君不知。

他们都是当之无愧的词人。

词成熟于五代，鼎盛于宋朝，中兴于清。

2、词的格式。

词的格式就是前面讲的词牌，据《钦定词谱》，有826种词牌，2306体。明天启年间程明善辑撰《啸余谱》，开始收录诸词谱，但所记词曲之谱内容颇为简陋。清杭州仁和赖以邢著《填词图谱》九卷，将词之格律及词牌以圈、点图形格式列谱。清初词人万树曾作《词律》二十卷，详尽校订平仄音韵，考据诸词调句法异同，收盛唐以来到元代词作660调，共1180个体例。《钦定词谱》即据此增广而成。

词的格式特点是同一词牌，作者可略作变化，或句式变化，或字数变化。因为人们根据音乐来填词，对用字的平仄和字数有时会偶有不同。所以很多词牌，又有变体，每一体就是一个不同的样子。

但大家公认的地方不可变，得严守平仄。

同一词牌，有时有别名。如“贺新郎”又可叫“金缕曲”，“蝶恋花”又可叫“鹊踏枝”，“浪淘沙”又叫“卖花声”。

吴藕汀有《词名索引》，可参看。

3、词的字数与调式。

根据字数，词有小令、长调、中调之说。字数少的词叫令词，又叫小令。字数多的叫长调，又叫慢词，可多至一百几十个字或二百几十个字。

58字以内为小令短调。如李煜《相见欢》：

林花谢了春红。太匆匆。无奈朝来寒雨晚来风。

胭脂泪。相留醉。几时重。自是人生长恨水长东。

吕本中《采桑子》：

恨君不似江楼月，南北东西。南北东西，只有相思无别离。

恨君却似江楼月，暂满还亏。暂满还亏，待得团圆是几时。

59字至90字为中调。如苏轼《江城子·乙卯正月二十日夜记梦》：

十年生死两茫茫。不思量。自难忘。千里孤坟，无处话凄凉。纵使相逢应不识，尘满面，鬓如霜。

夜来幽梦忽还乡。小轩窗。正梳妆。相顾无言，惟有泪千行。料得年年肠断处，明月夜，短松冈。

91字以上为长调。如柳永《雨霖铃》：

寒蝉凄切。对长亭晚，骤雨初歇。都门帐饮无绪，留恋处，兰舟催发。执手相看泪眼，竟无语凝噎。念去去，千里烟波，暮霭沉沉楚天阔。

多情自古伤离别。更那堪，冷落清秋节。今宵酒醒何处，杨柳岸，晓风残月。此去经年，应是良辰好景虚设。便纵有千种风情，更与何人说。

短调看易实难。

长调看难实易。

词有一定的格律。一般是第一个人这么填了，平仄、句式、韵律都有了，为正格，后人依此填有些出入，为变格。

词最短的只有16个字，又名《十六字令》《苍梧谣》。如毛泽东《十六字令·山》：

山，快马加鞭未下鞍。惊回首，离天三尺三。

最长的词有240字的《莺啼序》。

按照段落来看，词有单调、双调、三叠、四叠之分。词一般都分两段（叫做上下片或上下阕），极少有不分段或分两阕（片）以上的。一首词有的只分一段，称为单调；有的分两段，称双调；有的分三段或四段，称三叠或四叠。

分片是由于乐谱的规定，是因为音乐已经唱完了一遍。片与片之间的关系，在音乐上是暂时休止而非全曲终了。一首词分成数片，就是由几段音乐合成完整的一曲。

单调如朱彝尊《桂殿秋》：

思往事，渡江干。青蛾低映越山看。共眠一舸听秋雨，小簟轻衾各自寒。

双调如李煜《浪淘沙》：

帘外雨潺潺。春意阑珊。罗衾不耐五更寒。梦里不知身是客，一晌贪欢。

独自莫凭栏。无限江山。别时容易见时难。流水落花春去也，天上人间。

三叠如周邦彦《兰陵王》：

柳阴直，烟里丝丝弄碧。隋堤上，曾见几番，拂水飘绵送行色。登临望故国。谁识，京华倦客。长亭路，年去岁来，应折柔条过千尺。

闲寻旧踪迹。又酒趁哀弦，灯照离席。梨花榆火催寒食。愁一箭风快，半篙波暖，回头迢递便数驿，望人在天北。

凄恻。恨堆积。渐别浦萦回，津堠岑寂。斜阳冉冉春无极。念月榭携手，露桥闻笛。沉思前事，似梦里，泪暗滴。

四叠，如南宋吴文英《莺啼序·残寒正欺病酒》。原词如下：

（一叠）

残寒正欺病酒，掩沉香绣户。燕来晚、飞入西城，似说春事迟暮。画船载、清明过却，晴烟冉冉吴宫树。念羁情、游荡随风，化为轻絮。

（二叠）

十载西湖，傍柳系马，趁娇尘软雾。溯红渐、招入仙溪，锦儿偷寄幽素。倚银屏、春宽梦窄，断红湿、歌纨金缕。暝堤空，轻把斜阳，总还鸥鹭。

（三叠）

幽兰旋老，杜若还生，水乡尚寄旅。别后访、六桥无信，事往花萎，瘗玉埋香，几番风雨？长波妒盼，遥山羞黛，渔灯分影春江宿，记当时、短楫桃根渡。青楼仿佛，临分败壁题诗，泪墨惨淡尘土。

（四叠）

危亭望极，草色天涯，叹鬓侵半苎。暗点检离痕欢唾，尚染鲛绡，翱风迷归，破鸾慵舞。殷勤待写，书中长恨，蓝霞辽海沉过雁，漫相思、弹入哀筝柱。伤心千里江南，怨曲重招，断魂在否？

4、词的押韵。

词的押韵也有变化。多为一韵到底，有的也换韵。有的平韵换仄韵，有的换了又回来。全篇只用同一个字作韵脚的叫“独木桥体”，又名“福唐体”，非常少见。

如黄庭坚《阮郎归·效福唐独木桥体作茶词》：

烹茶留客驻金鞍，月斜窗外山。别郎容易见郎难，有人思远山。

归去后，忆前欢。画屏金博山。一杯春露莫留残，与郎扶玉山。

如《菩萨蛮》《西江月》是换韵。辛弃疾《菩萨蛮》：

郁孤台下清江水。中间多少行人泪。西北望长安。可怜无数山。

青山遮不住。毕竟东流去。江晚正愁余。山深闻鹧鸪。

辛弃疾《清平乐·村居》：

茅檐低小，溪上青青草。醉里吴音相媚好，白发谁家翁媪。

大儿锄豆溪东，中儿正织鸡笼。最喜小儿无赖，溪头卧剥莲蓬。

如《最高楼》《定风波》换了韵又换回来。蔡世平《最高楼·悲嫁女》：

伤心事，说着更心伤。无语立斜阳。孤零零地湖心月，冷清清地一川霜。只愁思，今又向，梦边长。

总记得，花猪栏里闹；总记得，花鸡枝上叫。荷花白，谷花黄。归来放学抓猪草，几家顽伴捉迷藏。喊声声，声巧巧，是亲娘。

黄庭坚《定风波》：

万里黔中一漏天。屋居终日似乘船。及至重阳天也霁。催醉。鬼门关外蜀江前。

莫笑老翁犹气岸。君看。几人黄菊上华颠。戏马台南追两谢。驰射。风流犹拍古人肩。

词韵有专书，一般都符合戈载的《词林正韵》。

5、词的特征是富于变化。

变化，是词的主要特征。词的变化主要在句子分长短，参差不齐，加上平仄交替，再加上有时韵脚交替，造成一种变化多端丰富多彩的效果。

词有一字句、二字句，依次类推，多的达十三字句。如苏轼《水龙吟》末句“细看来不是杨花点点是离人泪”，当然也可以用标点符号断开：细看来不是杨花，点点是、离人泪。

词的变化多端。七字句可以上四下三，也可以上三下四，还可以上一下六，如此等等。

词多见领字句。如《贺新郎·梅魂兰魄》最后句子：“我问蓝天欢喜燕，你南来北往风流客，这情字，如何写？”这里的“我”字、“你”字都是领字。

词的章法也多变。有两句一联，构成上下对仗的句式，也有多种对仗的句式。

总之，词是把诗可以变化的部分都变化了，但又保留了诗的本质特征。词一经兴起，就得到文人雅士和市井百姓的喜欢。直到今天，词仍然受到人们的特殊喜爱。

三、照猫画虎好填词

1、填词先写诗，久了自然知。

词的名堂太多。填词，填词，填多了，自然会了。

学词不必学那么多规矩，学多了反而会越搞越复杂、越搞越糊涂。掌握了词的基本规律，就能驾驭词。

一般说来，会写诗就会写词。因为词尽管千变万变，但还是只在诗里变。所以填词先写诗，久了自然知。

词是从诗里变过来的。诗稍作变化就成了词。

如孙光宪《浣溪沙》：

蓼岸风多橘柚香。江边一望楚天长。片帆烟际闪孤光。

月送征鸿飞杳杳，思随流水去茫茫，兰红波碧忆潇湘。

这就是七律少了两句。

欧阳修《生查子·元夜》：

去年元夜时，花市灯如昼。月上柳梢头，人约黄昏后。

今年元夜时，月与灯依旧。不见去年人，泪湿春衫袖。

这就是五律的变体。下片开头称换头，另起一意，和律诗的对仗不同。

晏几道《鹧鸪天》：

彩袖殷勤捧玉钟。当年拚却醉颜红。舞低杨柳楼心月，歌尽桃花扇底风。

从别后，忆相逢。几回魂梦与君同。今宵剩把银釭照，犹恐相逢是梦中。

这本是七律，只把七律中间第二个对仗七字句，变成了两个对仗三字句。

宋祁《玉楼春》：

东城渐觉风光好。縠皱波纹迎客棹。绿杨烟外晓寒轻，红杏枝头春意闹。

浮生长恨欢娱少。肯爱千金轻一笑。为君持酒劝斜阳，且向花间留晚照。

这就是把七律的句式作了一些调整。相当于两首押仄韵的七绝，意思连贯。

2、照着词谱来填词。

现在各种各样的词谱很多，有较全面的也有较简单的。简单的词谱因为要求简单，往往根据编者喜好，省去了很多东西，反而影响了填词者的自由发挥。本来这地方是可平可仄，或者多一字少一字也可以，或者句式上二下三，都可，但他往往只提供了他自己的这一种，使本来正确的东西也搞得不正确了。

所以，初写词时选择词谱很重要，我向大家推荐康熙《钦定词谱》。

第四讲　对联莫忽视

——对联基本知识

这一讲，我主要想从如何写好诗词这个角度来讲对联。因为写对联、欣赏对联可以促进诗词的写作。诗、词、对联，这三者相互作用，相得益彰。

一、对联产生于诗词，又作用于诗词

1、对联是介于诗与词中间的一种韵文文体。

一般来说，诗简单，词复杂。对联既没有诗的简单，也没有词的复杂，是诗和词的混合体，二者兼而有之。

2、对联是诗的民间化、世俗化。

在古代，诗和词主要是知识分子写作。由于身份和条件的制约，对联与诗词不同的地方，主要是诗词既要讲平仄，又要讲韵脚，而对联只讲平仄，对韵脚没有要求。诗词一般百姓写得少，写了也没钱刻印，没地方发表。发表了也难以流传。这样，对联就应运而生，弥补了这个不足。对联雅俗共享，人人喜爱，达官贵人喜欢， 知识分子喜欢，民间老百姓更是喜欢。

3、对联是韵文中普及最广泛，影响最深入，写作群体最多的一种文体。

民间对联故事滋养了世俗人心。有一个对联，大家应当很熟悉，毛泽东在《改造我们的学习》文章中曾用过：墙上芦苇，头重脚轻根底浅；山间竹笋，嘴尖皮厚腹中空。这是明朝解缙写的，讽刺没有学问的人。有个对联故事是说湖南人的狂，现在这副对联挂在长沙岳麓书院，传说是王闿运作的。王闿运去江浙讲学，江浙文人多，向来自负。当然他们就有点轻看王闿运，你个湘蛮子有何能耐来咱这里讲学。王闿运于是撰出一联悬挂厅堂："吾道南来，原是濂溪一脉；大江东去，无非湘水余波。"濂溪是宋理学家周敦颐的家乡。大江就是长江，长江的下游当然就是江浙一带了。江浙士人见了，如此的底气和口气，个个傻了眼，再也不敢轻慢王闿运了。

在中国，对联有广泛的群众基础。过去春节家家户户贴春联，贴春联是家兴人旺的象征。对联是真正的大众写作，大众传播。因此，写诗填词不能忽视对联。

二、对联的基本知识

1、对联的名称及种类。

对联又叫"对子"，也称"楹联"，是书写后悬挂在门窗两旁的"联语"。种类有春节用的"春联"（春帖），结婚、生子用的"喜联"，祝寿用的"寿联"，悼念用的"挽联"，开会用的"堂联"等等。还有用于店铺、书房、厅堂的联语，种类繁多，用途极广。

2、对联的由来。

对联产生的历史有两种说法。一种是，对联起源于秦朝。古时称为桃符（王安石诗"总把新桃换旧符"）。对联即由古代的"桃符"演变而来。写上符咒的桃木板可以避邪。我家乡湖南还有这种风俗。我小时候的床边就挂了一把桃木剑。据《淮南子》记载：桃符是用两块长约七八寸，宽一寸余的桃木制成，上面写除祸祈福的吉祥话，或两个神的名字，一为"神荼"、一为"郁垒"（郁雷），悬挂在门窗旁，名为"题桃符"，妖魔鬼怪见了就吓得屁滚尿流地跑了。

有人考证最早的一副春联是五代后蜀主孟昶写的。《宋史·蜀世家》记载：公元964年，孟昶叫学士辛寅逊在桃符板上题词，嫌他没写好，就自己写了一联："新年纳余庆，嘉节号长春。"从此，"题桃符"便演变成"写春联"了。

第二种说法是对联起源于唐代，这是当代楹联家、中南大学余德泉教授考证的。他考证了初唐以降逐渐产生了多种类别的对联，有口令、酒令、应对、题赠和堂室对联等几种。余教授的考证持据成理，我很赞同。对联大约是从隋唐近体诗的对仗句式出现时产生的。对仗句子放在诗里是不能叫对联的，拿出来单独使用，或挂在门窗两旁，与诗无关才可以叫对联。对仗句式与对联应是平行发展。

对联在宋朝逐渐推广，有的作为名胜古迹、寺庙廊园、店堂书房等装饰品，也作为交际应酬之用。“日月两轮天地眼，诗书万卷圣贤心”就是宋朝朱熹写的对联。

3、对联的字数与句式。

对联的字数、句式不等。短则几个字，长则几百个字。有每边一句的短联，也有每边几句、数十句的长联。

我见过最短的对联是两个符号，上联“？”，下联“！”。还有四个字的，上联“色难”，下联“容易”。比较长的一首名联是昆明大观楼长联，一百八十字：

五百里滇池，奔来眼底，披襟岸帻，喜茫茫空阔无边。看东骧神骏，西翥灵仪，北走蜿蜒，南翔缟素。高人韵士何妨选胜登临。趁蟹屿螺洲，梳裹就风鬟雾鬓；更苹天苇地，点缀些翠羽丹霞，莫孤负：四围香稻，万顷晴沙，九夏芙蓉，三春杨柳。

数千年往事，注到心头，把酒凌虚，叹滚滚英雄谁在？想汉习楼船，唐标铁柱，宋挥玉斧，元跨革囊。伟烈丰功费尽移山心力。尽珠帘画栋，卷不及暮雨朝云；便断碣残碑，都付与苍烟落照。只赢得：几杵疏钟，半江渔火，两行秋雁，一枕清霜。

4、对联的特征。

对联的主要特征是对仗。要求字数相等、词性相同、平仄相对、结构相同。一个是上下联字数相等，不能一边字多，一边字少。一个是上下联相对，名词对名词，动词对动词，形容词对形容词，数量词对数量词等等，造成一正一负，一阴一阳的效果。第三个是上下联平仄相对，平对仄，仄对平，平平对仄仄，仄仄对平平。

如《笠翁对韵》中的一段：

天对地，雨对风。大陆对长空。山花对海树，赤日对苍穹。雷隐隐，雾蒙蒙。日下对天中。风高秋月白，雨霁晚霞红。牛女二星河左右，参商两曜斗西东。十月塞边，飒飒寒霜惊戍旅；三冬江上，漫漫朔雪冷鱼翁。

5、对联的悬挂。

对联悬挂有讲究，叫“仄起平收”，“仄东平西”。即上联尾字仄声挂东边（人面向联的右手边），下联尾字平声，挂西边（人面向联的左手边）。

6、对联的书写。

对联是与书法联姻的一种艺术。对联内容好，只好了一半，还要书写好。风景名胜的对联大都要请名家来写。人们看对联时，既可欣赏联语，又可欣赏书法。春联、婚联、寿联等喜联一般用红纸书写，挽联一般用白纸书写。书斋、茶室等多为木刻，颜色有原木色、青绿黄色不等。

7、对联的句式与结构。

对联的句式相应，节奏相同。上联怎样断句，下联也应怎样断句。

如王湘绮题江南馆戏台联：

铁板铜弦，高唱大江东去；

琼楼玉宇，细听水调歌头。

上联四六句式，下联亦是四六句式。

如清代俞曲园挽谭丽生编修联：

如何探花使，竟作报罗人，最怜客死浙西，难携九岁孤儿，托付同年良友；

回忆小舟中，曾修同馆礼，犹冀重逢吴下，谁料武林一面，勾销文字因缘。

8、对联的横额。

横额，又叫横批、横联，有时用，有时不用。多为四字句，与对联内容相辅相成。

9、对联的写作技巧。

好的对联是文学艺术。所有用于诗词艺术的修辞手段和文艺理论都可以作用于对联创作。对联这种艺术可以诱发创作者的兴趣，启发创作者的思维，运用各种艺术技巧和艺术匠心，创作出很好的对联作品。有的把人名、地名等嵌进对联里，如湖南湘阴杨林寨戏台联嵌“杨”“林”二字：

杨妃春色，西子秋波，妆成媚态柔情，问天下有几多醒眼；

林畔樵歌，江边渔唱，弹到高山流水，笑古今无二个知音。

三、介绍三种对联格式

1、马蹄格。

马蹄格，是几百年来对联创作中总结出来较为科学的对联规则。所谓马蹄格，是联句规律像马行走，后脚总是踏着前脚脚印走，每个脚印且都要踏两次。假若以一边的脚印为对联的平，另一边的脚印为对联的仄，这样左右轮踏，那么“平平”之后便是“仄仄”，“仄仄”之后又是“平平”。简单的说法是“平顶平”“仄顶仄”。

一句联：

仄，

平。

如董其昌题飞来峰联：

泉自几时冷起；

峰从何处飞来。

二句联：

平仄，

仄平。

如成都杜甫草堂联：

背郭堂成，锦里溪山千古在；

缘江路熟，青郊草木四时新。

三句联：

平平仄，

仄仄平。

如蔡世平题慕田峪长城：

眼前是大好河山，莫只看烽火台荒，石城砖老；

回首有伤痕岁月，要记取南京血溅，东海波腥。

四句联：

仄平平仄，

平仄仄平。

如小凤仙挽蔡锷联：

万里蓝天鹏翼，直上扶摇，俯看忧患余生，萍水姻缘成一梦；

三年北地胭脂，自悲沦落，赢得英雄知己，桃花颜色忆千秋。

如贵阳飞云洞联：

说一声去也，送别河头，叹万里长驱，过桥便入天涯路 ；

盼今日归哉，迎来道左，喜故人见面，握手还疑梦里逢。

五句联：

仄仄平平仄，

平平仄仄平。

如湖南永顺关庙联：

史策几千年未有，上继文宣大圣，下开武穆孤忠，浩气长存，树终古彝伦师表；

地方数百里之间，西连汉寿旧封，东接益阳故垒，英风宛在，想当年戎马关山。

六句联：

平仄仄平平仄，

仄平平仄仄平。

七句联、八句联、九句联……依此类推。

2、“朱氏格”。

“朱氏格”即：

……平平平平仄

……仄仄仄仄平

“朱氏格”是指清末朱恂叔先生总结的楹联规则。如武汉太白亭联：

宛然海上三山，藐矣安期，先我亭前探枣实；

犹是江城五月，仙乎太白，与君笛里听梅花。

成都望江楼顾复初联：

引袖拂寒星，古意苍茫，看四壁云山，青来剑外；

停琴伫凉月，余怀浩渺，送一篙春水，绿到江南。

3、“李氏格”。

明嘉靖进士李开先写了一部《中麓山人拙对》的对联集子，比较多的使用了单平单仄交替的平仄格式，称为“李氏规则”或“李氏格”：

平仄平仄平仄平仄……

仄平仄平仄平仄平……

如李开先联：

龙爪豆，羊角葱，鸡鬃菜，甘蔗束牛腰，园圃之名蔬不一；

鹰嘴桃，牛心李，虎头瓜，葡萄垂马乳，林泉之佳果惟繁。

再如邓石如联：

沧海日，赤城霞，峨眉雪，巫峡云，洞庭月，彭蠡烟，潇湘雨，武夷峰，庐山瀑布，合宇宙奇观，绘吾斋壁；

少陵诗，摩诘画，左传文，司马史，薛涛笺，右军帖，南华经，相如赋，屈子离骚，收古今绝艺，置我山庄。

比较这三种对联格式，我还是喜欢马蹄格。因为马蹄格比较好地体现了诗的特点，符合“平平仄仄平平仄，仄仄平平仄仄平”的汉语言特征。马蹄格是对联写作的基本格式。马蹄格用得也最多，产生的优秀作品也多。“朱氏格”与“李氏格”读起来就缺了些味道。尤其是长联，便不如马蹄格那么舒缓有致。

第五讲　诗句欲圆时

——诗词联创作之一

一、进入诗的写作状态

现在我们来写诗。

我之所以用“诗句欲圆时”来做这一讲的标题，是因为这标题不是学术性的，也不是静态的，而是动态的，有多种思路可供大家选择。

可以是“诗句欲圆时，美人和泪辞”。

可以是“诗句欲圆时，窗头绿一枝”。

可以是“诗句欲圆时，开门闻马嘶”。

可以是“诗句欲圆时，坐看风景痴”。

诗句还可以继续做下去。这样就把大家的诗心给启动了，也把大家的思维给启发了。

前面四讲我已经讲了诗的作法、词的作法，以及对联的如何作法。这又被关进知识与学问的笼子里了，这不符合我的初衷。但诗、词、对联的知识不知道，就入不了门。你不知道马走“日”字，象飞“田”字，就不会下象棋。你不知道篮球、足球的规则就不会打篮球踢足球。这就是规矩，也就是游戏规则，是基本的知识，也是基本的原则，玩什么就要知道什么。

诗如何写？一个人有一个人的写法，一千个人有一千个写法，无法强求统一。

我一直在寻求一种方式，使自己写好诗词，使大家能够尽快地进入诗词，写好写作。

从某种意义上说，诗是“神话”。

从某种意义上说，诗是“胡思乱想”。

从某种意义上说，诗是“胡言乱语”。

从某种意义上说，诗是一种诗的“状态”。我想这才是最重要的。

于是在这一讲里，我放弃了原来准备的四平八稳，也无多少新意的稿子，重新构思，提供了如下我的杂乱无章的胡思乱想与胡言乱语，就当球赛之前的热身运动。

我以“诗”字来作句子，看汉语言里这个“诗”字到底有多少能耐，有多少种可能。我几乎不怎么想，下笔就成句子。这些看起来随心所欲的句子，稍加改造后，都是可以成为诗中的某一个句子的。我想这才是我的表达方式，也是我希望做的事情。我写着写着，神思飞扬起来，自己也开心起来。

“诗句欲圆时”，对于诗人来说，起码有两种可能。一种是“诗句欲圆未圆”，一首诗成不了。诗人可能烦恼至极，做不下去，干脆放下不做了。一种是“诗句欲圆快圆”，一首诗马上就要完成，诗人高兴至极，可能手之舞之，足之蹈之。这就是一个诗人作诗需要形成的状态。诗人连续不断地发问，诗思向各个方向展开、掘进，诗意飞扬，一首好诗就在这个时候临盆了。

二、诗意向四面飞扬

下面就是我的“胡言乱语”：

诗书滋味长。

诗书滋味暖心房。

诗句虽然好，也要美人扶。

我有诗之剑，沙场好点兵。

诗在青山绿水间。

诗在日常生活里。

诗山有路勤为径。

诗海无涯我发愁。

诗行天下。

诗意飞扬。

诗句欲圆时，有人闻马嘶。

去年诗打那边流。

月落惊山鸟，诗来写别愁。

诗随流水尽。

人间要好诗。

好诗在人间。

唯有诗思能润肺。

诗人才一个，明月影三双。

诗句上枝头。

一川山水一川诗。

好诗吟不得，一吟双泪流。

诗风起别愁。

诗歌才数句，便觉鸟飞来。

天下好诗谁做了，前村放鹤养蚕人。

土地一诗篇。

山水存诗意。

年年有个诗词节。

诗风遍天下。

诗随人意好，水向那边流。

才作新诗三二首，便来雀子咏春秋。

无边落木萧萧下，但见诗思滚滚流。

秋风来渭水，诗句满长安。

好音才送去，诗意上枝头。

诗来遍地黄金叶。

诗句说风流。

诗句圆圆好。

才写诗歌一首。

诗到枝头夜夜新。

鸟宿池边树，僧敲月下诗。

果然一地好诗来。

月下最能生诗意。

诗歌队里一诗翁。

诗写青春好。

一日一行诗。

诗在山川草木间。

最是诗人难把握。

李杜诗篇万口传。

一树清歌一树诗。

北航人意好，个个是诗人。

北航诗句蓝天里。

蓝天有我北航诗。

诗在七情六欲间。

诗满一箩筐。

诗在岩浆喷发时。

绣个好诗心。

一天好景难描出，是我诗心有别愁。

梅花三两朵，诗报一园春。

唯有诗情难伺候。

我有情诗一首，不知寄向何人。

露从今夜白，诗向那人愁。

诗意年年好，家风日日新。

我从莺嘴寻诗意，便觉莺声有别情。

竹也有诗情。

泥土生诗意。

能知词意诗心者，便是南园好弟兄。

诗篇留后世。

绿萝梦里有诗情。

晴空一鹤排云处，便引诗情到碧霄。

诗情画意。

诗在乡村野语中。

摇篮曲里诗心好。

诗句彩云南。

洞庭湖里月，咋看都像诗。

诗句欲圆时，临窗绿一枝。

诗在悲欣交集时。

做个诗词客。

最怕做诗人。

看那疯癫样，或可是诗人。

诗词莫写悲秋句。

天上一轮明月，人间万首诗章。

英雄队里是诗人。

你看赚钱多好，偏偏要做诗人。

飞入蓝天里，来写太空诗。

人穷诗不穷。

人无鸿鹄志，难得做诗人。

我有一只瘦笔，好吟肥胖诗词。

诗在虫鸣鸟语间。

谁说莺啼不是诗。

诗句蛙声里。

草原诗意好。

人瘦诗不瘦。

春有十分颜色，原来是我诗心。

诗人自是风流。

莫与那人争颜色，看他诗句最风流。

窗前有绿色，正好写诗篇。

诗词何处飞来。

从来二意三心者，难有诗歌找上门。

月上柳梢头，人约诗词句。

诗意浙江潮。

大地涌诗潮。

诗心大地山川出。

诗句千秋在，黄河万古流。

烽火连天日，诗壮国民魂。

好诗句句自心来。

诗句圆时月也圆。

君看草原诗句好。

牛羊遍地一诗篇。

诗词容易做。

曾经酒醉鞭名马，唯恐诗多累美人。

好诗句句来。

百般好语慰诗心。

诗是娇小姐。

诗歌不是无情物。

万紫千红诗意浓。

诗颂太平年。

诗歌最有暑寒心。

诗句自然来。

诗是犟脾气。

莫言诗意者。

诗味最纯真。

诗心也要巧安排。

天心亦诗心。

剪裁诗意向谁言。

月圆诗未圆。

早晨好作太阳诗。

白也诗无敌。

诗与人俱乐。

今天我是诗人。

又是一年秋好处，满园诗果挂枝头。

嫦娥诗句好。

吴刚少诗才。

诗向血中红。

赢得诗才者，便是慧心人。

我有一支诗笔。

酒醉诗词客。

冻土有诗心。

莫拿诗句字，总向别人言。

人前少说诗。

诗中自有颜如玉。

诗中哪有红萝卜。

将军本色是诗人。

诗中新意思，串串挂青枝。

夕阳无限好，莫冷故园诗。

明日不当诗客。

说诗容易做诗难。

天下诗人半在湘。

诗人自有青春色。

做诗要做自然诗。

诗是自家好。

诗词中国心。

我有诗之箭，天山好射雕。

诗句子还可以继续写下去，甚至可以无限地写下去。我相信你从这些句子里一定发现了一些什么。

一是，每个句子都平平仄仄，看似随意出之，实则平仄严谨。

二是，诗有无限的表达可能，不要在一棵树上吊死。东方不亮西方亮，黑了南方有北方。

三是，打开思维好做诗，诗从胡言乱语来。

四是，从这些诗句里看出，诗人的思维是一个雷达，在扫描和捕捉任何一个于诗有用的信息，一经碰到，就会爆出思想的火花来。

三、格律诗的创作——以蔡世平《平谷行吟》为例

《平谷行吟》（2009年5月17日）

文峰塔

读破人间万卷书，耳边方觉慧风呼。

梦中生出裁春手，欲摘文峰塔顶珠。

玻璃台小调

山家几户白云窝，五月风光雀子驮。

我问桃花何处甚？村婆一指向阳坡。

车过飞龙谷

崖头断壁挂山家，也放飞鹰也种花。

转过松湾旋又见，二三游女正梳霞。

大溶洞感赋

（有感于当年黄松峪村当家人开发大溶洞事）

能识山心者，财门对我开。
燕支深腹里，露出亿年胎。

登轩辕台

百里燕山日色昏，轩辕台上老风吟。
书生莫废桑麻地，黄土能生百样情。

挂甲峪

树影山窗画，鸡鸣土巷腔。
英雄挂甲峪，花放一村香。

湖洞水

头上莺旋生绿影，溪边鱼小嚼轻云。
燕山今日吟诗客，快活湖中洞口人。

将军关

隐约狼烟隐约兵，长城砖老压星辰。
将军关锁秦时月，犹照深闺梦里人？

金海湖泛舟

金海湖边生紫照，潇湘客子动诗情。
年年梦里燕山月，荡到波心分外明。

青龙飞雪

搭箭弯弓我射雕，携来一副老冰刀。
书生也做青龙梦，飞雪精神岭上漂。

神桃峰

玉帝偏心重，情钟平谷侯。
神桃天上落，果结万家秋。

石林飞瀑

无情山亦瘦，有意石成林。
飞瀑青岩下，心头百卉生。

桃花海放歌

烂漫桃花烂漫风，桃风放梦万山春。
心中常种桃桃树，不是花王便是神。

峡谷幽潭

难得人生一段幽，青峰涧里泛轻舟。
频频我掬清潭水，也洗征衣也洗愁。

丫髻山

久在汨罗江畔住，总随屈子作愁吟。
如今丫髻山头立，又吸烟霞又吐云。

平谷行吟

平谷和平谷，人间百姓家。
有山皆涌翠，无地不飞花。
燕剪春天画，楼观玉宇霞。
又闻云贵女，昨嫁下村娃。

第六讲　跟着感觉走
——诗词联创作之二

二十世纪八十年代，有一首当时很流行的歌《跟着感觉走》。歌词很长，有好几段，每段开头的两个句子有点意思。一句是“跟着感觉走，紧抓住梦的手”，一句是“跟着感觉走，让它带我走”。“让它带我走”，当然是让梦带他走。梦想把他带到哪里，他就会到哪里，他的希望和憧憬就能实现。我想这句歌词表达了那个时代的生机勃发，青年人对理想人生的追求，但同时也道出了艺术创作活动的一般规律。

写诗就是这样，也要跟着感觉走，感觉来了就写，没有感觉时，就莫硬写，免得把本来就少的感觉，折腾得一点感觉都没有了。所以，作为诗人，保护诗的感觉亦是一件需要留意的事情。

感觉是一种心灵活动。当然写诗就是心灵活动。

梦，是人生的完善，是心灵的补充。现实生活里没有的东西，人生不能达到的东西，梦可以帮助你去实现。梦不受社会行为规范和现实生存条件的管束，它天马行空，我行我素，为人们创造另一个真实的生活场景。写诗就是这样，用现实生活的原料，然后去构建一个心灵的世界。

所以，诗要跟着感觉走。

一、跟着语言的感觉走

“一去二三里，烟村四五家。楼台六七座，八九十枝花。”这是宋朝理学家邵康节的一首诗，生动地反映了作者春游的观感。作者抓住了十个数字的语感，真令人拍案叫绝。一二三四五六七八九十，这十个数字只有三是平声，其余都是仄声，而要把这十个数字安放在一首二十个字的小诗中，又遵守平仄格律，是非常不容易的，但作者做到了，且不留半点痕迹，这就是作者的高明之处。

语言的感觉，简单说就是“语感”。语感，也就是语言的韵味。投球有手感，踢球有脚感，做什么事都会有做什么事的得心应手的感觉。语感就是心灵与语言和谐、默契的一种感觉。没有语感即心灵和语言不能做到和谐与默契。

汉语言的语感就是阴阳协调，高低有致，对立统一，也就是平仄关系要处理好。也就是俗语所谓的“男女搭配，干活不累”。

说穿了，汉语言的语感，就是平平仄仄。

我归纳了一下，汉语言的语感大致是七种，如果把反向七种也计算在内，就是十四种：

平仄。平平，仄仄。平平仄，仄仄平。平平仄仄，仄仄平平。仄仄平平仄，平平仄仄平。仄仄平平仄仄，平平仄仄平平。平平仄仄平平仄，仄仄平平仄仄平。

把以上每一句的平仄置换一下位置，就成为：

仄平。仄仄，平平。仄仄平，平平仄。仄仄平平，平平仄仄。平平仄仄平，仄仄平平仄。平平仄仄平平，仄仄平平仄仄。仄仄平平仄仄平，平平仄仄平平仄。

这样的一堆平仄看起来很复杂。其实非常简单。也就是一个字怎么说，即平仄，仄平。两个字怎么说，即平平，仄仄或仄仄，平平。三个字怎么说，即平平仄，仄仄平，或仄仄平，平平仄。如此下推最多七个字，也就是为什么近体诗的句子最长是七个字，如七绝、七律。

这便是汉语言语感的七种基本形态，也是汉语言的基本规律。掌握了汉语言的基本规律，会帮助我们把话说好，把诗写好。为什么领导人作报告喜用排比句呢？他就是想把话说得让人们好记好懂。中国有好多书都是韵文，如《三字经》《弟子规》《增广贤文》《菜根潭》《呻吟语》《幼学琼林》《笠翁对韵》等等不下几十种。西方的语言形态就不是这个样子。

旧体诗词，从语言形式上说，就是写平平仄仄，仄仄平平；写语言的关系平衡，矛盾的对立统一。

对于诗词写作来说，平平仄仄，仄仄平平，不是一个深奥的理论问题，但却是一个基本的实践问题。说起来容易，做起来难，甚至需要一辈子去经营。

1、顺着语言形态找语感。

既然我们已经明白了汉语言形态的七个基本特征，已经掌握了汉语言的基本规律，那么顺应这种语言形态，去找诗词语言，就会找到诗词的“语感”。

汉语言虽然有七种语言形态，但一字、五字、七字使用频率并不高。主要用的是二字句、三字句、四字句。如“北京”“上海”“天津”；“你来吗”“我刚来”；“千秋万代”“小桥流水”“鸟语花香”。

诗词写作者就要在这种语言形态里去找平平、仄仄，去找平平仄，仄仄平，去找平平仄仄，仄仄平平。特别要避开“平仄平”“仄平仄”的句子，或“仄平仄平”“平仄平仄”的句子。

中国人说话从第一句话开始就是平平仄仄的。如婴儿出生后的第一声就是“妈”“妈妈”，“爸”“爸爸”。所以汉语言，通常情况下都是“平平仄仄”。

汉语言语速有快有慢，声音有高有低，节奏十分明显，适合人体的构造特点。为使说话不累，可以换气，仄声高而短，平声慢而长。高则短，慢则长，说话也轻松。

诗词语言跟人们说话的习惯语言其实是一致的。如若跟人们的习惯语言作对，不遵循汉语言的基本形态和规律，往往写不好旧体诗词，不仅作者会感到别扭，读者也会感到别扭。

顺，顺着语言来，是旧体诗词基本的语言形态，也是旧体诗词基本的语言规律。

2、从经典诗词作品里找语感。

经典诗词作品不仅思想沉厚、意境高远，而且语言个性鲜明，既晓畅又隽永。古人总结的一句话到今天仍然是我们诗词写作的重要途径，这就是：

熟读唐诗三百首，不会吟诗也会吟。

为什么是唐诗而不是别的诗呢，是因为唐诗的成就高，堪称经典的作品多。所以读唐诗对我们今天的写作仍有现实意义。

不断地诵读诗词作品，诗词的语感信息就会进入作者的潜意识里。时间久了，就会化入作者的语言，做到出口即是诗词语言。

3、从人名、地名、物名里去找语感。

中国人取名字是十分讲究的。今日乡村中还流传一句话:“崽还未生，名字就取好了”，可见中国人对名字的重视。

无论是人名、地名还是物名，会有一些特定的含义，能够反映出人名、地名、物名的特点或心理期待。它的不同之处非常多，但它的相同处也是明显的，归结到一点，就是不管是人名、地名还是物名，相对来说都比较美，比较顺耳。“美”是眼睛看到的，“顺耳”是耳朵听到的，眼睛看到的美和耳朵听到的顺耳反映到心理就是韵律了。这个名称的美和顺耳就体现了汉字的视觉美和音韵美。

无论是人名、地名还是物名，一般都比较短，通常情况是两个字和三个字，四个字的比较少见，五个字、六个字的就更少了。

注意从人名、地名、物名中区分平仄，是培养诗词语感的一条重要途径，因为人名、地名、物名触目即是，平仄关系一下子就知道了。

人名如：王维，平平；杜甫，仄仄；韦庄，平平；辛弃疾，平仄仄；陶渊明，平平平；柳亚子，仄仄仄；山口百惠，平仄仄平；司马相如，平仄仄平。

地名如：长安街，平平平；琉璃厂，平平仄；洞庭湖，仄平平；五大洲，仄仄平；西安，平平；上海，仄仄；广州，仄平。

物名如：稻花香，平平平；红楼梦，平平仄；紫砂壶，仄平平；湘莲，平平；麦子，仄仄；黄豆，平仄；嫦娥三号，平平平仄；波音七四七，平平仄仄仄。

诗词写作融入我们的日常生活，在日常生活中留意汉语言的平平仄仄，用不了多长时间，我们对语言的平仄关系就会熟练地掌握。

二、跟着心灵的感觉走

我在上面说了，从语言角度上说，写诗就是写语感，写平平仄仄。但是语言只是载体，是手段而不是目的，写诗就是要写出你心中的那个意思。写心灵的感受与颤动，写心灵的冷暖与凉热，写心灵的浅红与深红，才是最重要的。

语言需要听从心灵的召唤，服从心灵的安排，这是一定的。语感再好，心灵不需要，也是无用的语言。所以写诗得踏着心灵的节拍，跟着心灵的感觉向前滑行。

美，是心灵的最高法则。也是心灵的最高追求。从人的心灵角度说，写诗就是写美。

美，听从神的指示，存在于地球人心中。如果其他星球也有人的话，美，同样会被安放在这些人心中。这是人类的生存秩序所必须的。因此，审美活动，是人的重要活动之一。

艺术，就是在人们的审美意念与审美实践活动中产生的。诗，这个不能吃，不能穿，更不能住，看起来毫无用处的东西，因为美的普遍存在而显示出非同一般的意义。这也是画家为什么作画，诗人为什么写诗的理由。

所以说，抓住“美”这个关键词，就牵住了诗词写作的牛鼻子。

作为诗人，写诗是他的内心驱动，也是他的原始动力。他有语言能力，他要表达心中的美感。有时，他会被这种表达的渴望所折磨。“吟安一个字，捻断数茎须。”

美，是大众的集体塑造。

所有艺术，应当都是审美的结果。即便那些看起来很丑的艺术，表达的也是艺术家的心灵美感，是另一种形式的美。因此可以说凡艺术都是“美”的。不美的东西，不能称之为“艺术”。

美是大物，存在于宇宙时空之中，美又是灵芝草，生长在人的内心深处。

诗人可能睡了，但美是醒着的。美会随时提醒诗人。

所以，诗人睁开眼睛，便会发现世间的美物。他又有了写诗的冲动与激动。

人，用眼睛发现世界，但用心灵感知世界。世界的丰富性，就是诗的丰富性。

所以，跟着心灵的感觉走，你会发现“世间多少事，无一不能诗”，你会像辛弃疾一样慨叹：“一松一竹真朋友，山花山鸟好弟兄”。

所以，跟着心灵的感觉走，又有语言的感觉与你同行，怕是你不想成诗人也难。

正因为有了美这株灵芝草在你心中养着，世间的万事万物就会表现在你的情绪中。喜怒哀乐，就是内心美的外在表现形式。

喜怒哀乐，发乎于情。这个情就是心情。从这个意义上说，写诗就是写心情。心必真心，情必真情，有真心真情，需要表达，就能写出好诗来。

古诗《上邪》：

上邪！我欲与君相知，长命无绝衰。山无陵，江水为竭，冬雷震震，夏雨雪，天地合，乃敢与君绝！

如果不是真心真情不会发出这么感天动地、斩钉截铁的爱情誓言。

李清照如果没有对祖国江山的真情，对丈夫赵明诚的失望，也不会发出：“生当作人杰， 死亦为鬼雄。 至今思项羽， 不肯过江东 ”的悲愤之诗。

这方面的好诗太多了，不一一例举。

诗人的心可以是自家的一颗小小的“心”，写点个人的小情小调，当然这种题材也可以产生好的甚至是优秀的作品。

但我认为，诗人的心应是社会的良心，应当直面社会的现实，反映社会的喜怒哀乐。如果不关心社会痛痒，对天灾人祸麻木不仁，不关心国家和民族的兴衰，也不会写出引起人们共鸣的作品。

我还以为诗人的心应是一颗温暖的心。应当用爱心、温心去温暖社会。因为我们这个飞速发展的时代，人们的心难得安宁和平静，总会时时表现一种焦躁情绪。

所以我们的诗词要能够比较好地去把握题材，要能够客观公正地看问题，尤其不应有偏激情绪。写社会的阴暗面，好像这个世界全看不到阳光了。无论何时，人心总体上是善的、爱的，社会总体上是温情的。这种写作就能抚慰一颗颗受伤的心灵，从而感觉社会美好。偏激的诗往往流于叫嚣，这也是诗词艺术需要注意的。

跟着心灵的感觉走，就是跟着诗人情感的喜怒哀乐走。喜怒哀乐才是诗人写作的原始动力。

三、跟着气息的感觉走

诗是一个活的生命体。作诗的过程就如同女人怀孕的过程。

胚胎在母腹里生长，总有一种生命的气息散发给了母亲。这种气息会导引母亲完成孕育生产的全过程，痛并快乐着。

一首好的诗，纵然未成形，但它一定有一种生命的气息强烈地散发出来。这时候，作者一定要抓住这种气息，跟着这种气息的感觉走，然后临盆生产完成一首作品。

四、词的创作——以蔡世平《南园词》为例

生查子·江上耍云人

江上是谁人？捉着闲云耍。一会捏花猪，一会成白马。

云在水中流，流到江湾下。化作梦边梅，饰你西窗画。

生查子·湖边

老太到湖边，背货清凉卖。掏得酒钱来，且与湖光买。

坐久石生风，吹恼相思债。目断燕飞天，看取烟波态。

生查子·花月春江

四月杏花天，花月春江嫩。月影枕花眠，花影随波动。

明月脸边生，月落惊花影。窗外一枝横，犹绿昨宵梦。

鹧鸪天·观荷

我有池塘养碧萝。要留清梦压星河。时将绿影花浓缩，便入柔肠细折磨。

闲意绪，小心歌。近来水面起风波。夜深常见西窗月，又碰蛙声又碰荷。

江城子·兰苑纪事

竹阴浓了竹枝蝉。犬声单，鸟声弯。笑说乡婆，山色拌湖鲜。先煮村烟三二缕，来宴我，客饥餐。

种红栽绿自悠然。也身蛮，也心顽。逮个童真，依样做姑仙。还与闲云嬉戏那，鱼背上，雀毛边。

水调歌头·春思

近来春懊恼，不与落花言。昨夜南风吹梦，吹老洞庭烟。说点城南旧事，做点乡村生意，淡点菜中盐。柳上黄昏小，莫怪雀声衔。

潇湘水，明月夜，碧云天。是他做个境界，牧野看鹰旋。回到黄泥地里，扯把湿皮青草，软舌舔春涎。一亩三分地，好种四时鲜。

水调歌头·山鬼

是谁骑赤豹，身后带花狸？薜荔罗裙巧巧，且插桂枝旗。折把芳馨在手，展我窈窕身段，含睇向他兮。嫣然溜一笑，山鬼自痴迷。

呼来熊、招来兔，吃山梨。养个山村世界，活泼又生机。再遣电光雷雨，还有轻风淡月，同我听猿啼。独立山之上，好看乱云低。

临江仙·题《后海墨舟》书法家雅集

惯看鹅池鹤影，最迷水国渔洲。皇城根下落沙鸥。春风生后海，墨浪涌飞舟。

天上云舒云卷，笔头闲说闲愁。竹林人物自风流。指挥铜意思，放出玉温柔。

一剪梅·江南一叶

一叶江南梦里飞。杏叶须眉。柳叶腰围。仿疑山鬼步轻微。云也追随。月也追随。

吟赏烟霞老石堆。又唤狮回。又唤鹰回。人生难得好风吹。背靠斜晖。面对朝晖。

江亭怨·红

昨夜一枝含笑。无奈秋虫啼恼。消息不成眠，惹得闲愁多少。

心事谁来照料。案几紫薇娇小。千里碧云深，总被潇湘红了。

夜飞鹊·题莽苍苍斋（二首）

北京宣武门外北半截胡同四十一号原浏阳会馆，为谭嗣同故居。莽苍苍斋系其书房。戊戌变法失败，一八九八年九月二十四日，谭嗣同于此被捕，狱中题下诗句“……我自横刀向天笑，去留肝胆两昆仑。”二十八日被杀于菜市口。刑前大呼：“有心杀贼，无力回天。死得其所，快哉快哉！”如今故居年久失修，断墙残壁，挤住二十多户人家，湫隘寒伧。瞻仰者寥寥。二零零六年十二月二十七日与周笃文、李元洛老师及沈念诸君一游，几多感慨。

其一

先生出门去。话别乡邻。从容笑对风云。血花开后霜花好，河山不作悲音。男儿断头也，撼千年帝制，快慰心情。刀光闪处，莽苍苍，铁色昆仑。

寒夜血光红紫，冬老黑山头，冻土春生。黄鹤归来惊见：武昌城下，换了墙根。白云千载，总思他，天地良心。是乾坤肝胆，浏阳河水，日夜涛声。

其二

先生在家否？墙老檐低。尘多草杂人稀。百年心事和谁叙，林头冻雀唧唧。泥窗吐烟火，幸民间土灶，暖了霜衣。红楼影里，莽苍苍，空带愁归。

还盼夜来风细，行走也悄悄，莫碍眉须。凉月寒枝自语：燕山起壁，湘水浆泥。书斋整理，与英灵，有个身栖。是人间雄鬼，昆仑比立，几个男儿？

忆旧游·暗影横斜

是霜花开到，野兔唇须，山雀眉毛。剪水裁云去，向天涯行动，尘满征袍。孤村半户松火，正好煮寒宵。渐暗影横斜，黄昏冷落，雪又飘飘。

迢迢。独行客，把柴门深掩，温个乡谣。土屋泥炉暖，映窗前红果，枝上燃烧。还见那弯新月，摇到外婆桥。但梦醒西园，薇荒菊老，风又萧萧。

定风波·城市童谣

乡下爷爷宠小娇。呼来弯月作舟摇。灯火湖南杨柳岸。来看。老家村戏闹声高。

快桨撕开银世界。无奈。夜生楼影水生毛。总是烟波人不到。真恼。前头断了外婆桥。

江城子·小河清影

山家小子牧山幽。老村头。小河流。青石河湾，好作赤条游。卧痛杨阴浑不觉，河岸上，懒皮牛。

淋漓梦影晾沙洲。柳风柔。葛花羞。隐约河虫，咀嚼小河秋。又见夕阳山里去，谁来照，捉鱼鸥？

第七讲　诗是活的

——诗词联创作之三

作诗是一件非常愉快好玩的事情，就是人在玩的一种叫做“诗”的文字游戏。

社会更多的会强化诗词的道德教化功能，但如果从人性的角度看，诗的文化娱乐功能应该是第一位的。首先是生命本体的需要才致社会的需要。艺术活动，虽然不像种禾苗产稻谷，种棉花做衣服那样直接获取看得见摸得着的收成，以利于人吃饭穿衣的生存需要。但它是另一种形式的劳动。它的收成也是实打实的，可以喂养人的精神饥渴，填充人的精神空虚，从而获得精神的愉悦与满足。正是诗的这种娱乐功能，才使诗人乐此不疲，魂牵梦绕，甚至“二句三年得，一吟双泪流”，也不觉得累。

人在玩诗，其实诗也在玩人。这种情形多少有点像玩麻将、玩电脑游戏。现在社会上有不少人喜欢玩麻将、玩电脑游戏。我见过玩麻将、玩电脑玩得觉也不睡、饭也不吃的人。这看起来是人在玩牌、玩电脑，但玩得久了、多了，就是牌和电脑在玩人，把这个玩麻将、玩电脑的人玩得人不像人，鬼不像鬼的。什么理想、抱负都丢一边去了，什么读书学习、工作劳动都丢一边了，直玩得天昏地暗，天旋地转，一点正经事都不想做也做不成了，差不多成废人一个，所谓的“玩物丧志”是也。

但是玩“诗”就不会这样子的。玩久了玩多了，就把人潜在的精神能量玩出来了，也把潜在的人的精神品质玩出来了。人因诗词变得儒雅而高贵，安详而自信，是玩出人的一种气象来了，是玩出一种不仅对个人，而且对社会对人类都有大益处的文化来了。

艺术地玩，这句话值得玩味。它道出了一个写诗人的写作状态。

一个“玩”字，说明了什么呢？说明了艺术是一种情趣活动，诗当然也就是一种情趣活动。

可以说，无情趣则无艺术。一个没有趣味的人是绝对写不出好诗来的。郁达夫的名句：“曾因酒醉鞭名马，唯恐情多累美人”。之所以人们喜欢，一下子就能被记住，就是因为有情趣。

“艺术”，对于人类来说，是一个具有永恒生命力的东西。何谓艺术？我的理解是，艺术是生命的另一种表达形式，亦是延续人类生命的一种“生命”形式。

我们知道人类有两种延续生命的形式，一个是自身的生育，自然繁衍，再一个就是通过“艺术”来延续生命。单从中华诗词来讲，我们看到虽然几千年过去了，但是诗经到今天还是“活”的，楚辞到今天还是“活”的，汉乐府、唐诗、宋词、元曲到今天还是“活”的，所有成为经典的诗词作品都是“活”的。“活”诗的标准是什么呢？就是这个作品能够反映当时的时代面貌，记录当时人的思想情感，还能够为当下社会提供精神营养，对文明社会的发展具有指引方向的作用。

从这里我们看出，诗人在创作诗词作品，实质就是在创造一个生命体。所以，写出“活态”的诗就应当成为诗词创作的第一追求，也是终极追求。

我们也要看到这么一个事实，即便在唐宋那样的诗歌黄金时代，也有许多诗词是死的，或是呆头呆脑没有生气的。为什么《全唐诗》《全宋词》不是搞研究的人，很少有人去全部阅读呢？原因可能就出在有些诗已经“死”去了。今天我们提出“活诗”的概念，从一开始诗词写作就明确这个意识，是非常有必要的。这样可以引导我们少走弯路，自觉地创作好的诗词作品。

那么如何才能创作出“活”诗来呢，这就是我们今天要重点讨论的问题。

一、诗心的活

诗人的心是活的，这话乍看起来是废话，说了等于没说，既然能写诗，诗人的心不是活的，难道会是死的吗？但是我们要看到有些诗人的确是俗话说的“死心眼”。眼睛是心灵的窗户，心灵的窗户没打开，或者说没完全打开，那么诗人的眼睛就不能往远里看，往宽里看，往深里看，往细里看。更不会踮一下脚尖，伸长一下脖子看，去往眼睛看不到的地方看。当然他的心也就只能随眼睛在其视域之内活动，以为这才是社会的全部，世界的全部，诗词被他的眼界、胸襟局限了。这种人的心虽然是活的，但已经板结了、僵化了，一颗板结僵化的心，怎么能写出鲜活的诗来呢？

事物的本质，常常被表面的覆盖物所遮蔽，人的视觉也常常被表面一些东西所遮蔽。所以对于一个诗人来说，眼睛一定要有穿透力，能够透过现象看本质，写出具有深度思考的诗词作品。

诗人的心是活的，还反映诗心的流动，诗意的流动。西方有一种叫做“意识流”的文学理论。在这种文学理论指导下，写出了许多好的作品。写诗人的心就是要像水一样流动，就像流行歌唱《泉水叮咚响》唱的那样：“跳下了山岗，走过了草地，流向远方。”诗人有一颗活蹦乱跳的心，有一双眼观六路、耳听八方的眼睛，就能发现诗意，去看一路走过来的景色。试想一下，如果苏东坡只盯住眼前的景物，心不活，他的眼睛绝对出不了地球，绝写不出“明月几时有？把酒问青天”的千古绝唱。

诗人的心说穿了就是社会的良心。对于真善美，就要歌颂，对于假丑恶，就要鞭笞。

要有一颗敏感的心。所谓敏感的心就是要对任何事情都感兴趣，不能对什么事都抱无所谓的态度。像一壶既不烫也不凉的温开水，是写不好诗的。

要有一颗滚烫的心。就是要关心民间疾苦，关心社会痛痒。他人的痛就是你的痛，他人的快乐就是你的快乐。诗在民间烟火里，诗心要被民间烟火熏烤才好。这样的诗词也才会有柴米油盐味。诗无柴米油盐味，就不是人们喜欢的好诗。

要有一颗童稚的心。人有七情六欲，这七情六欲就是诗词写作的源泉和动力。无情则无诗，无欲也无诗。诗人要有一颗童稚的心，要像儿童一样对天地自然，对社会抱有一颗好奇心。

二、原料的活

诗的原料是非常重要的。为什么千百年来人们喜欢旧体诗词呢，因为旧体诗词是在农耕文明社会的土壤里产生的。自然界的花草虫鱼，风雨雷电，都是构成旧体诗词的原料。“日出江花红胜火，春来江河水绿如蓝。”“两个黄鹂鸣翠柳，一行白鹭上青天。”这样的诗句一读就有感觉，谁不喜欢。可是我们今天的时代不同了。今天城市文明、工业文明、信息文明完全取代农耕文明，人们的生产方式和生活方式发生了根本性的，甚至是颠覆性的变化，诗词产生的社会条件和土壤完全变了。人们从土地里获取素材和灵感，受到时代极大的制约。自然界的花草虫鱼、四季气候已经不能完全对应人们的心灵。这就是时代的隔，这给今天诗词创作带来了非常大的障碍。

有什么样的生产方式和生活方式，就会有什么样的文学表达方式。今天虽然还有不少地方的人以纯粹的体力劳动求得生存，但是，机械化、电器化、甚至信息化、数字化形成的批量生产、大面积耕种，已经成为时代的主流生产方式。手工用品，差不多成为稀有品，需要有专门的政策扶持才能存活下来。这些都从根本上改变了人们的生存方式。现在，在楼房里、工区间、城市中生活，已经成为一种时代趋势。“鸡声茅店月，人迹板桥霜”是难以见到的。中华诗词写作由农耕文明的“得心应手”至今天的捉襟见肘、处境尴尬、词不达意了。诗歌栖息的土壤，似乎变得越来越贫瘠，越来越陌生。

一要回到生命的元点来写诗。

元点就是生命赖以生存的山川大地。我在学习王国维“诗的隔与不隔”时有一个很重要的体会，就是诗人与泥土的“隔与不隔”。一般情况下，与泥土“隔”，就不会出好诗，与泥土“不隔”，才会出好诗。诗人的脚板，只有踩在坚实的大地上来写作，这样才会写出“不隔”的好诗来。举一个例子来说，人们吃的粮食，稻谷、玉米、麦子等，本来是从庄稼地里生长出来，加工后供人吃的。这是几千年来农耕文明的一个基本事实，也是一个基本常识，但是现在情形发生了很大的变化。现在城里的许多人从来没有见过，甚至根本就不知道粮食是如何生产的。他们的概念是粮食就生长在农贸市场或超市里，只要用米袋子、竹篮子扛回来，煮熟了吃就完成了饱肚的过程。虽然绝大多数城里人可能也知道粮食是土地里生长出来的，然后运到农贸市场和超市里，但是那种对粮食生长的感受和体验，与农村人是大不相同的。唐人如果没在农村呆过，亲历种田人的艰辛，绝写不出“谁知盘中餐，粒粒皆辛苦”的感人诗句。这就是诗词写作与土地的“隔与不隔”，要贴近生命写作。人可以改变生产条件，但是从根本上说，人无法改变自然，无法改变风雷雨雪，无法改变日月星辰。花还是照样开，树还是照样长，水还是照样流，鸟还是照样啼，虫还是照样鸣，大自然仍然超越人而存在着。把眼睛放大里看，放远里看，我们的星球，其实没有太大变化。我们要改变的，其实只是观察世界的那一双眼睛和感知世界的那一颗心灵。生意盎然的大自然，谁都拿不走她。发现自然、贴近自然、回归自然，从自然中吸取爱的源泉和生命的力量，任何时候都是诗词创作必须的。古时是这样，今时还是这样。

生活因“人”产生意义。什么样的生活都是“人”的生活，而不是物的生活。没有人，物是不存在的，或者说没有意义的。不管生存方式如何变化，不管你是坐毛驴车还是坐马车，坐高铁还是坐飞机，但有一样没有改变，那就是还是人在坐。不管是吃老母鸡，还是吃肯德基，总归是人在吃鸡（基）。人，始终是诗词写作的主体。把人写活了，也就把诗写活了。不妨试试如何在诗词写作中加大自然之“物”，减弱人造之“物”。诗遇水土，遇风月，就能活起来。人心就是诗心，诗心就是自然之心。人的喜怒哀乐是一定要表现在生活里的，把人的喜怒哀乐写好了，就把诗写得抑扬顿挫，生机勃勃了。因此，贴着生命写作，而不是盯着物写作，就能写出活态的诗。

二要坚持比兴的传统。

比兴就是联想，就是作诗的诱饵。

三要用形象思维。

形象就是“生命”本体。

三、语言的活

旧体诗词的语言体现了汉语言的特征。几千年的旧体诗词写作，导致了人们在欣赏旧体诗词时出现了审美疲劳。

今天的中华诗词的语言都被前人总结了、规范了、定型了，所谓言天象，则不外“微雨”“断云”，“疏星”“淡月”；言地理，则不外“远峰”“曲案”，“烟渚”“鱼汀”；言鸟兽，则不外“海燕”“流莺”，“凉蝉”“新雁”；言草木，则不外“残红”“飞絮”，“芳草”“垂杨”；言居室，则不外“藻井”“画梁”，“绮疏”“雕槛”；言器物，则不外“银缸”“金鸭”，“凤屏”“玉钟”；言衣饰，则不外“彩袖”“罗衣”，“瑶簪”“翠钿”；言情绪，则不外“闲愁”“芳思”，“俊赏”“幽怀”，等等。

几千年来的诗词写作，已经给我们提供了大量的诗词意象，变成了一个个固定的文学表达符号。比如“相思”，就是恋人思念；“天涯”，就是两个人隔得远；“桃源”，就是美好世界；“夕阳”，就是退休老人发挥余热；“人面”，就是姑娘漂亮；“秋风”，就是伤感；“红豆”，就是相思；“漏尽”，就是时间；“梅花”就是报春；“喜鹊叫”就是好消息来了，等等，还可以举出很多来。这些都是今天旧体诗词写作的难度，需要我们去克服。

诗词创作，乃至任何文学创作，说到底都是语言。一个文学语言没有过关的人，写得再多，也不可能成为一个真正意义上的作家。因此，对文学而言，可以说语言就是前提，语言就是一切。要转变白话文写不好旧体诗词的观念。我们知道五四新文化运动的标志性成果，就是白话文对文言文的全面覆盖，白话文已经成为时代的主流话语与主流文字。客观地看待白话文，会发现白话文在旧体诗词写作中一点都不隔。白话文写作可以释放汉语言文字的巨大潜能，使今天诗词出现全新的语言面貌。

如果回溯中华诗词的创作历程，我们同样惊人地发现，即便在文言文时代，可以说，中华诗词一直以来就是当时的“白话文”写作。不要说明白如话的白居易的诗歌，就是李白、王之涣、柳永、辛弃疾等大诗人、大词人无一不是白话文写作。《诗经》就更不用说了。有一个鲜明的事实是，今天我们读古文有时读不懂，但一读诗词就立马好懂了。在今天看来的许多文言文其实就是当时的大白话。今天生活中的许多俗语，其实都是雅语。我母亲没读过一天书，她经常说的一句话是“手之舞之”，我们那个地方都这么说的。有一个时期我总认为这话太土、太俗了，以至从不会从我口里说出来。有一天，我突然悟到这句话其实就是“手之舞之，足之蹈之”的简写版，是春秋时期我们楚地人说的家常话。后来，它变成一句成语、一句优雅的书面语言，又不知使用了多少年，可如今还在我们楚地的乡村里“土俗”着、优雅着。何为雅何为俗，谁又说得清呢。其实，文与白，雅与俗没有什么不同，使用得当，俗可为雅，使用不当，雅也成俗。可是我们今天的诗人词人却有一个认识上的误区，以为只要是旧体诗词，就得文绉绉的，甚至故意找一些生僻字放在里面，以证其纯正性、高雅性。这样做，反而产生审美隔离，拒绝并疏远了今天的读者。

不能简单地、浅层地理解语言即是思维的表达工具。其实，语言蕴藏了生命的全部信息，语言是人的另一种生存形式。语言的这种存在方式可能比人本身更立体、更丰富，也更具魅力。我们看到，人的短暂一生，其身体可以迅速消失，但他的语言方式、文字方式、行为方式，可以长久地留存下来，使隔代甚至隔数十代的后人读着他或关于他的文字，便能感知他的生命形态。这个“他”仍然活在我们的周围。屈原的行吟态、陶潜的田园态、嵇康的狂狷态、陈子昂的孤独态、李白的醉酒态、辛弃疾的英雄态、李清照的高贵态、贾宝玉的痴情态……透过文字一眼就能看出来。

诗词语言尤忌原地兜圈子。在以中国为轴心的大一统的农耕文明时代，诗词语言伸向各个角落，探索了种种表达可能，也抵达了种种可能高度。在旧的语言形态里，我们今天其实难有太大的作为。几千年的写作，无数人的探索，以至我们左冲右突，但还是难以走出前人构筑的文字樊篱。一味地坚持旧式思维写作，常会出现这样的情况：你好不容易找到一个新词，正在惊喜之时，说不定就会在另一本古籍里找到它的踪迹；好不容易找到一条新路，再往前走时，会发现自己又回到了原处。

要坚持当代语境下的旧体诗词写作。当代语境就是白话文语境。我们今天如果完全运用当代的语言习惯写作，就能摆脱前人的羁绊，也很难与前人撞车。因此，要以喜悦的积极的态度迎接新的语言挑战，摆脱旧的语言思维和语言体制，大胆地使用今天的语言写作。这样写出来的诗词作品，相信会更加被人们接受。要克服旧体诗词对文言文的心理依赖，不要以为把“我”写成“余”或“吾”就雅了，不要以为旧体诗词就要写得“旧”，而且越旧越好。能不能这样说，现在我们要做的事情，是如何把“旧”写“新”、把“新”写“活”。

四、楹联的创作——以蔡世平《雁栖湖景区楹联》为例

题雁栖湖国际会议中心抱柱：

五千年华夏文明，古曲翻成新乐府；

六十亿寰球儿女，海洲同造艳阳天。

大洋连四海五洲，从来水碧山青，且慢说乾坤锦绣；

圆桌聚友邦明主，正是天心月满，好商量世界和平。

高山仰止，景行行止；

卿云烂兮，糺缦缦兮。（集古人句）

题日出东方凯宾斯酒店：

日出东方，是谁托起金盘，彩绣河山新面貌；
湖飞雁影，由我横吹玉笛，安排大地好歌声。

题景观塔：

乘兴且登楼，心与云平，几闻月里嫦娥曲；
放怀能纵目，天随地远，时诵黄河太白诗。

塔到九层高，可与星云争上下；
地传南北曲，好从箫管识春秋。

雁羽几多忙，飞出湖边，欲上长天邀朗月；
燕山何所事，奔来眼底，还从平地耸高峰。

天有雨晴心，最关怀山川草木；
人存忧乐态，方领略塔顶风光。

独饮要呼朋，诚邀夏日初三月；
层楼宜再上，好看燕山第一峰。

天道在心，利人犹利己；
楼台近水，观月亦观山。

题慕田峪长城：

谁言天下太平，月色正温柔，良夜未央眠好梦；
我到慕田峪口，山风仍浩荡，耳边犹近马蹄声。

眼前是大好河山，莫只看烽火台荒，石城砖老；
回首有伤痕岁月，要记取南京血溅，东海波腥。

峪口长城黄叶地；
雁栖古镇碧云天。

山隐长城月；
雁鸣芦荻秋。

题天心岛：
春到梅枝知雪态；
月来岛上识天心。

商量世界和平日；
便是天心月满时。

孤鹜落霞王勃序；
长天秋水雁栖湖。

山风来水面；
明月满天心。

题雁栖湖景区（山、水、楼、湖、镇）：
水面云飞，风翻动一湖雁影；
游人步乱，蝶送来满地香波。

一溪石影穿花影；
几树蝉鸣叠鸟鸣。

飞莺山远近；
明月夜东西。

宜雨宜晴宜月色；
好山好水好乡亲。

且问钓鱼翁，君非华尔街头客？
回言耳熟者，喏是羲皇故里人。

梦里几牵情，春雨来时湘水绿；
长安常驻足，夕阳到处映山红。

澹荡烟波，风摇树影；
参差楼阁，背倚山阳。

雁醉三分诗句客；
槐阴十里水边城。

看他纸上忙人，今日偷玩闲古镇；
问汝湖边雁子，几时携绿到江南。

须知海内存知己；
但见门前有故人。

松林红月色；
清气喜门庭。

室有余闲，开窗耳绣潇潇雨；
眼无俗物，出阁身披澹澹风。

香随风入户；
凉到月当窗。

心存秋月春风者；
自是先忧后乐人。

读古人书，日月心中静；
观天下事，河山眼底来。

天然居上客；
芦荻雁栖湖。

嚼味盘中辛苦粒；
便知天下暑寒心。

花景一园春酿造；
清光满室月衔来。

明月松声来画里；
晴阳竹影绣庭中。

桃源人去后；
芦荻雁飞来。

招来南北东西客；
好作阳春白雪人。

种得绿荫留客扫；
也栽花影要蜂忙。

山窗横卧长城月；
雁语霜寒芦荻秋。

做个武陵人，闲眠千岁梦；
也存指甲地，好酿十分春。

山雀又重来，闲吟枝上春婆梦；
游人还不去，轻点花间蛱蝶诗。

读圣贤书，能作千秋梦想；
播诗经籽，好吟大地春晖。

坐钓白云浮水面；
闲敲星子落天心。

一庭春雨虫鸣曲；
十里南风草木香。

雁语殷勤，风景这边独好；
春风细数，江山如此多娇。

野店听鸡鸣，乡里几多乡趣味；
石桥眠夜月，小街好作小勾留。

谁将日月磨圆，放鹤去寻游子迹；
我有铜壶在手，待君来煮洞庭春。

第八讲　神会来帮忙

——诗词联创作之四

一、人的神性

诗词创作活动，以及所有上升到艺术层面的创作活动，往往会出现一种意想不到的好效果，使创作者非常愉快与兴奋。这种情况被称之为“神来之笔”，这就是“神”来帮忙的结果。我以为，只有神来帮助完成的创作，才有可能成为艺术作品。

我怎么都觉得，上帝把抽象的人分成了两半：男人和女人，这是我们一见就能区分的；但上帝同时还把具体的人分成了两半：人与神，这是人们一眼看不到的，但事实上存在着。平时，神居住在这个人的身体里、意识里，一副酣睡或是慵懒的样子。

为了让人们明白这一点，于是产生了艺术和艺术家，也就是诗和诗人。

艺术，一半是人为的，一半是神为的。在艺术创作中，人与神和谐相处，配合默契，互相作用，才有可能成就一件艺术作品。也只有人与神的完美统一，人，才可以称为一个艺术家，否则只是一个技术工作者，或匠人。

我以为艺术家的创作，主要应当是基础性的、铺垫性的、诱发性的。他的工作就是如何把神从酣睡中唤醒，让神的胳膊腿都伸展开来，把神的兴趣诱发出来，把神的力量调动出来，把创作的更大空间留给神而不是人，让神主动地参与到创作中来。

与神在一块的艺术创作，这个人，才会变成愉快的人，工作才会变成愉快的创作，艺术的快乐也就在这里。某种程度上说，艺术家不是为艺术而工作，而是为快乐而工作，就像男女的结合而后产生了一个新生命。

诗词创作的前期准备是重要的。重要的是要营造一个气场，进入一种写作状态。气场营造的气越浓越好、场越大越好。无气场则无创作，无状态则无诗。

写诗填词，是表达想象中的可能，而不是现实中的可能。想象中的可能才是艺术创作的大舞台，人与神俱乐。

需要处理好历史、现实与未来的关系。历史是模糊了的现实，或者说是现实的模糊记忆。现实是衔接历史与未来的钟摆，不确定性是其重要特征。未来与其说是历史与现实的合理延伸，还不如说是“想象延伸”。

人在进行艺术创作时，事实上是在现实与未来的边缘地带作业，是在举行一个进入历史、迎接未来的向现实生活连说“拜拜”的告别仪式。他的左脚还在现实生活里，右脚向前跨一步就进入了未来。

未来即是神的世界，神介入了创作，于是一首诗产生了，人与神皆大欢喜。

人们正在进行的生活，即是真实的现实生活，而一经过去，就进入神的领地。你再怎么努力去复原现实生活，事实上已经不可能了。神要干预你的记忆，神要模糊现实的真相，神要按照神界的规则生活，这是人无法改变的现实。

所以我说，任何现实题材其实都是历史题材，完全现实题材的作品事实上是不存在的。无论是现实作品还是历史作品，应当说都是艺术家记忆中的作品。艺术家只有明白这个道理，才有可能处理好作品与社会的关系，现实与历史的关系，人与神的关系。那些拼着老命去反映（复制）完全现实生活的艺术家，结果常常费力不讨好，成为俗界的俗物。

艺术其实是人向神向历史向未来馈赠的一份礼物。

在艺术创作中，如何处理好人与神的关系，是顶顶重要的事情。任何时候，人都是艺术创作的主体，而神只是客体，这个位置不能颠倒过来。我要强调的是，在艺术创作中，始终得让人牵着神的鼻子走，而不是相反。

艺术家始终只能在现实生活的边缘地带作业，而不能越界太远。越界太远而产生的艺术作品常常被现实生活中的人讥为“胡闹”。当然也许会有这样的现象，由神主导的创作，今天不认可，可能明天会被人承认.

但是艺术家同时也是俗人，作品讨今天人的喜欢还是重要的现实的。

诗，是文而后化了的世界，是与世俗生活若即若离，与精神世界声息相通的现实存在。

抽象是艺术家的一条根本法则。无论是现实还是历史，常常是琐琐碎碎、飘飘渺渺的。诗人的能力是能够创造出自己的诗词语言，从这种纷繁万象中抽象出自己的一个精神世界，或者说是一个艺术世界。

二、汉字的神性

人具有神性，这是一定的。但汉字也具有神性，这是人们今天还没有认识的。但我在诗词创作中的确发现汉字同样具有神性，这是古人的大智慧。仓颉造字后，鬼神都害怕起来。在文字面前，鬼神无处藏身。

中华诗词是汉文字的直接产物，对汉字的依赖是唯一的。只要你使用它，汉字就是动态的，亲切的。汉字的多义性，即便在规定的范围内，也使之具有表达的无限可能性。这正是汉字的神奇处，也是汉字区别于其它文字的地方。

诗词是一门文字限制性很强的艺术，给你设置了许多条条框框，也就是诗词的平仄规律，但是你如果认识到汉字在规定的范围内仍具有表达的无限可能性，就会增强诗词写作的信心，不会造成对诗词写作的感觉迟钝或思路堵塞。

在诗词写作中，你是一个叱咤风云的将军。汉字是你指挥的千军万马，你可以调动和驱使任何一个汉字，去完成一次写作历险或是愉快旅行。

逻辑告诉我们，既然汉字创造了民族伟大的诗词传统，那么我们今天仍能够创造伟大的诗词艺术，成为明天的诗词传统。生命没有终结，诗词就不会终结。

逻辑还告诉我们，既然汉字在规定的范围内具有表达的无限可能性，那么我们的诗词传统就一定有汉字没有抵达的地方。传统诗词并不是把什么都写尽了，而是什么都没有写尽。古人只是把诗词写好了，但却没有把诗词写绝了。她仍然留下了，“无限多”的表达空间，等待后来的人们走进去又走出来，去创造一个又一个人间奇迹。

“横可弯圆旋日月，点能浸露湿江湖”，这是我在《浣溪沙·读韩美林天书》里的句子。这就是汉字！汉字的一“横”，弯成圆圈，能做日月旋转；汉字的一“点”，洒成甘露，便能情满江湖。这就是汉字的“可能性”。一个诗人一个创造，千万个诗人千万种创造，如此就完成了汉字表达的“无限”创造性和“无限”可能性。

在诗词创作中，汉字似乎是一种自身会思维的文字。文学创作一般情况下都是作者的意识推着文字往前走，但是词创作是个例外。“汉字”不是时时处在被动地位，它有时会主动找上门来帮助你，拉着或者推动作者的思维前行。在作者还没有想明白之前，由于汉字的及时出现，一首作品就顺利完成了，而且能够出现意想不到的效果。

汉字的这种对作者思维的主动刺激，是诗词写作最为激动人心处，也就是所谓的“神来之笔”。2011 年 9 月我写了首《鹧鸪天·俗眼留蓝》的中秋词，其中有两个对偶句子：“疏星远送无穷碧，俗眼能留一段蓝”。那晚盯着天上的星星，一个接一个望不到边，于是就有了“疏星远送无穷碧”这一句。接下来“留”“一段”“蓝”等汉字，几乎是瞬间争相出现了，于是就有了下一个“俗眼能留一段蓝”的句子。后来，越想越觉得这句子好——一个人虽然不能穷尽所有的事物，成就所有的事情，但至少可以把眼前的、自己能力所及的事情做好，也是对社会的贡献。但当时根本就没有去想这么多。这就是汉字的“主动思维”，简约而且传神。

“主动思维”，是中华诗词几千年来人们喜爱的原因，这也就是诗词能做到“言有尽而意无穷”。这正是诗词的写作的特殊魅力。

汉字主动配合作者思维，是诗词创作中常常会出现的情况，大多数写作者都会有这种写作体念与写作快感。这也证明，汉字的确是人类文明的伟大创造。汉字能通神，是真正的“天人合一”。

我们重新审视汉字，会发现汉字的这种自身“能动性”，是诗词创作的一个重要特征。一个汉字代表一个意思，它的这种“独立性”又使它具有高度灵活性，尤其在一个未完成的诗句里，它来去自由，一个又一个相近或完全不相近的汉字随意跳进来又跳出去，刺激作者思维，

有时候，一个句子可以推敲两三年，“二句三年得，一吟双流泪”。为什么会出现这种情形呢？一是作者高兴这样做，二是“诗词”本身要求作者这样做。诗句未完成时，作者会寝食难安，似乎汉字也会“寝食难安”。

作者在进行诗词写作时，汉字就是一个活的灵魂，时时在与你讨论、交流，拉着你的思维前行，“痛并快乐着”。

让汉字焕发新的时代活力，是今天诗词写作者需要清醒认识的一个问题。汉字因为几千年的反复使用，习以为常，人们对它的感觉变得疲劳并且迟钝，因此极容易遮蔽汉字的许多功能和十分生动处。今天，在我们重新获得民族文化底气和民族文化自信的时候，古老的汉字在诗词创作中一定会显示它的时代光辉。关键是我们的思维要向世界敞开，向传统敞开。要知道，只有敞开思维，才可以发现并激活汉字的无穷活力。

三、作品的神性

一个好的诗词题材与构思，神会帮助你完成一首好的诗词作品。

四、创作实践与理论认识的关系——南园词话

1

词是什么？词，是古人创造的既能通天入地，又能探幽访秘的“神器”。词的神奇性在于，能以最精短的语言实现人性的深度表达，又能以最快的速度抵达人类遥远的精神故乡。那里有父亲的微笑，母亲的叮咛。

2

词是一个生命体。它能呈现给读者一种生命状态。

3

词在鱼背上雀毛边。当然，词人也会在人类生活和自然社会的骨头缝里找到词。

目光和思绪常常打量的地方，词意总是星星点点地亮着。

4

同样，词，还在词人心里养着。一句不经意的话或者一件微不足道的事，触动了词人，词随心动，心与词飞，于是，词句就自然而然吐了出来。

5

写词就是写人。作品的人性深度，也就是作品的艺术高度。

6

词的品貌是风雅，如翩翩少年，美须长者。风雅不是装出来的。风雅得有底子，麻袋上绣花，不成。风雅是树，土是根基。风雅是云，天是背景。风雅是花，春是母腹。

7

词笔要深入生活的细部，也要深入灵魂的细部。越细越深刻，越细越丰富，越细表现力越强。

当然，细不是芝麻绿豆，婆婆妈妈。细是血的颜色、心的温度。

8

民间和土地的智慧永远值得珍视。依我看，写词就如乡民拔萝卜，要拔出萝卜带出泥才叫好。读者看到词上的“泥土”和“小须毛”，自然感到亲切和温暖。

9

词是汉语言文字的特殊产物。语言是一条河流，流动才显出生息。

当代人的词应通过当代人的语言组合、安排，出现新的意义和可能。让读者大吃一惊，话还可以这么说，词还可以这么写。

10

狗要叫，词语要跳。狗叫起来，行人就警惕了；词语跳起来，读者就不打瞌睡了。

11

写词不能太理性，太讲道理。有时候要耍点小性子，扯点蛮绊筋，不去跟它讲道理。创作的“蛮不讲理”，可能就是艺术的“蛮有道理”。

12

词是生命的舞蹈。它的路径是峰回路转，柳暗花明的。总是眉间心上，欲说还休，时时拨弄一颗颗柔软的心灵。

词的明亮与幽微，词的豪雄与婉约，常常表现为“妙处难与君说”。

13

“婉约”与“豪放”，是学问家为了研究和教学的方便人为分出来的，于创作并无多少实际意义。婉约也好，豪放也好，写出人的真性情就好。

战场上拼杀是英雄，柳阴下低语是本色。这是可以发生在同一个人身上的事情。艺术就是要完整地表现这个人，表现这个人“英雄本色”。

14

不要拘泥于一枝一叶，一字一句。有时候大而化之地看问题，往往能够抓住要害。

写词就是写一个人的心态，写一个时代的状态。当然它又必然地落脚于春的尾翼或是秋的梢头。

15

词人应是时代的文化精英。词人的创作，是一种精神劳动，更是一种精英劳动。这是上天赋予文化精英本质上的文化自觉。有无精英意识的文化自觉，是区分词人高下的重要标尺。所谓词人，就是那种能够反映时代喜怒哀乐，传达时代心灵呼吸的精神站立起来的人。

16

诗经是长出来的。宋词是养出来的。清词是仿出来的。当代词是放出来的。

17

当代词是到了放鸟出笼，放虎归山的时候了。当代词如果还封闭在宋词清词里，自我陶醉，自我欣赏，路只会越走越窄，直至成为非物质文化遗产。

开放的眼光，开放的胸襟，开放的笔墨，是当代词应有的姿态，搔首弄姿，只是村姑扮俏；高视阔步，才会走向未来。

18

当代词居住在一个豪华的房间里，风来八方，是因为窗开四面。一扇开向传统，一扇开向未来；一扇开向东方，一扇开向西方。只要展翅，就能飞翔。问题是今天的许多词人自我束缚，打不开翅膀。

要我说，生活在今天的词人真是有幸了。方便之门为你大开。

19

也许，信念比写词本身更重要。要相信古人只是把词写好了，但却没有把词写绝了。生命没有终结，词就不会终结。所以，今天我写词。

20

民间有语：行不改名、坐不改姓。老百姓从来也没有把天安门说成“天门”、苏东坡说成“苏坡”。可是我们今天的许多词人动不动把鸭绿江写成“鸭江”，岳阳城写成“岳城”。看来恢复旧体词的当代声誉，首先得在词界恢复“鸭绿江”、“岳阳城”的名誉。

21

语言的感觉多么重要。一首词就那么几十百把字，“语感”不行就基本上不行了。

语感就是语言的快感。这种语言单个看不一定精彩，甚至平常。但是组合起来就有效果，有味道了。

语感就是语言的气息，流贯、畅通。呼吸它，会有色彩、声音、气味，以及毛茸茸、热乎乎的感觉向你靠过来。

22

写词就是写你心中的灵光一闪，写你和恋人的一见钟情，写你行走中的一次精神奇遇。抓住生命的瞬间感受，或者说让生命的瞬间姿势呈现出一种耀眼的词的形态吧。这多么快乐。

23

把目光收回来，再收回来。收到内心深处的某一次震颤，哪怕是极细微的一次震颤。这种震颤一般发生在心灵远征后的“归来”或者又一次“出发”。就在这种“归来”与“出发”的那一个个生命瞬间，词，一次又一次被缴活，绣口一吐，便半个宋朝。

24

体会发现，再长的词也要在第五个字时出现词味。如果一首词写到第五个字还没有感觉，那么就要考虑拜拜了。

25

巧句易学，常句难求。常句看似平常，实不平常。艺术的至境就在一个“常”字。

26

写词不是要越写越聪明，而是要越写越愚钝。由愚钝入聪明易，由聪明入愚钝难。

愚钝方有大气象，大境界。大襟怀者，大抱负者，是那种看起来有那么一点愚钝样的人。

27

同样，词不是要越写越熟练，而是要越写越生疏。郑板桥说“画到生时是熟时”，我还要加上一句“熟里求生也要知”。

作词太熟练，太有经验，就会“唯经验是从”，落入一个又一个自己编织的笼子里，才华都被经验给绑架了。这就像谈恋爱，最好的恋爱其实是没有恋爱经验的恋爱，感情的真纯和自然流露才是最好的。

28

写词是写想象中的可能，而不是写现实中的可能。

现实中的可能是人进去的，想象中的可能才是“神”(艺术家)进去的。

“白发三千丈”是诗，“白发长三尺”是真理。写词是写个人感受，而不是写普遍真理。

29

词在鱼背上雀毛边。谁能骑鱼背谁就有可能成词人。

30

词人，重要的不是知道写什么，而是知道不写什么。知道写什么是入门，知道不写什么是入门后走了很远的路。知道写什么是逞能，知道不写什么是清醒。知道写什么是聪明，知道不写什么才是厉害。

31

当代词有两种技法：一种是自己创造的；一种是书本得来的。书本得来易，自己创造难。管他呢！词道无术。由着性子写吧，这才是最重要的。

32

我喜欢这样两句话：一句是清澈见底，而又深不可测；一句是天风浩荡，古意苍茫。前一句是轻灵，后一句是厚重；前一句是婉约，后一句是豪放。

33

词人，是那种把世界放在心中的人。世界就是他生活的村庄和桑园。他进进去去，大大咧咧。有时候指鹿为马，有时候命草成花。裁云割月，呼风唤雨，全不看别人的脸色。

34

词人手中的那一枝笔应是一根魔杖，既可以化池为海，也可以缩龙成寸。于大千世界中，能观音听色，方入妙境。

35

泥土养育万物，当然也养育了词。在我看来，凡是不能落地生根的东西，是不能拿来栽培词意的。不信你试试。

词是灵物，她喜欢干净的青山绿水。

36

那个坐在《古诗源》源头的很土的老头儿，可以经常回过头去打量一下子。他老人家还活着。那一首随口说出来的叫什么《击壤歌》的歌子，对今天的词人来说仍然是一种浸润。

37

不要把词看得那么神圣或是伟大，对我来说，词只是一种乡愁。是归乡路上的一个浅笑，抑或一声叹息。

报道

BAODAO

媒体视野中的北航驻校艺术家计划

《中国作家网》2014年5月6日报道

让诗词之美绽放校园
北航2014驻校作家计划启动

本网讯（记者 明江） 4月30日下午，一个别开生面的“中华诗词赏析与创作”研修班，在北京航空航天大学学院路校区逸夫楼会议室举行简朴的开班式，标志着北航2014年度春季驻校作家计划正式启动。该班的60名学员，包括40名在校大学生和研究生、20名本校教职工及社会诗词爱好者，全部自愿报名参加。这个公益性“艺文赏析与体验”项目，由北航文化与艺术传播研究院主持，是该校去年秋季在沙河校区成功实施以“中国山水画赏析与创作”为主要内容的首届驻校艺术家计划的基础上，深化大学人文艺术素养教育的延续和探索。

中华诗词研究院副院长、著名词人蔡世平受聘为北航2014年度驻校作家，校长怀进鹏院士为其颁发聘书。

怀进鹏校长认为，一所大学的价值，往往体现于通过科学基础、实践能力、人文素养三个环节，在培养人才中创造知识、在创造知识中培养人才，构建大学教育中最基础、最核心的内容。近年来，北航十分重视人文艺术素养教育，无论是办好艺术馆、博物馆、音乐厅，还是探索试行驻校艺术家/作家计划，都是基于人才培养的国际视野和文化育人理念，致力于培育学生的创造性思维、科学与人文精神，打造一流的校园文化艺术教育环境。怀校长表示，诗词是具有恒久生命力的最美的文学艺术，本届驻校作家计划将主题确定为中华传统诗词赏析和创作，对于弘扬优秀文化、促进文学与大学教育的互补意义重大。他希望，通过蔡世平先生驻校期间在研修班的系统讲授和实践创作指导，进一步激发同学们的文学艺术禀赋，提升学员的文学艺术通感和触类旁通的综合素质，让古典诗词之美融入师生的生活，在校园中绽放出多彩的人文之花。

开班式由北航宣传部部长、文化与艺术传播研究院执行院长蔡劲松主持。在随后的一个多月间，驻校作家蔡世平将以系列讲座、诗词书法创作展、诗词吟诵会等形式，引领60名校内外学员步入中华传统诗词的殿堂，力图在互动教学实践中呈现“旧体诗词”创作的当代魅力。

“《诗经》是长出来的；唐诗是酿出来的；宋代诗词是养出来的；清代诗词是仿出来的；当代诗词是放出来的……”在简短的开班仪式后，驻校作家蔡世平开始了 “中华诗词赏析与创作”课程的第一讲：《好语慰人间——诗词古今谈》，通过生动地讲解“好语即为诗”的观点及内涵，扼要梳理介绍了中华诗词数千年的发展历程。他广博的文学涵养、丰富的创作经验、鲜明易懂的语言、激情饱满的讲授，使学员们受益匪浅。

本次“中华诗词赏析与创作”研修班，共安排了八次讲座的教学内容，将分别于此后四周的每周三、周日下午开课，由蔡世平主讲中华诗、词、楹联的知识，指导学员赏析经典诗词，进行诗、词、楹联的创作实践。随后七讲的主题分别是“作诗容易——格律诗知识”“填词不难——长短句知识”“对联莫忽视——对联知识” “诗句欲圆时——诗词联创作之一”“跟着感觉走——诗词联创作之二”“诗是活的——诗词联创作之三”“神会来帮忙——诗词联创作之四”。

蔡世平将这次应邀驻校开展诗词教学实践活动，当作一次诗词文化传播的当代实验推广，不采用通常的诗词典籍和概念化、程式化讲授模式，而是希望“让诗词从神坛上走下来，回到世俗民间；让诗词从学问家的文章中、书本上解放出来，回到我们的真实生活里。”研修班开办期间，主办方还将在北航艺术馆举办“词随心动”蔡世平诗词暨书法创作展、学员诗词创作吟诵会等。主要教学档案及学员创作的诗、词、楹联作品等成果，也将择优结集成《驻校作家计划档案》一书正式出版。

蔡世平20世纪50年代生于湖南，现为国务院参事室、中央文史研究馆中华诗词研究院副院长。是中国作家协会会员、国家一级作家，迄今已出版《大漠兵谣》等散文集三部，词集《蔡世平词选》《古韵新风》《南园词》等。作为近年来以现代语境下的“当代旧体词”创作受到学术界和社会关注的重要词人，他的词被称为“蔡词”，被认为是“词体复活的标本”，因其独特的艺术个性，“为今后词的创作开辟了一个新的方向，建立起一种新的审美范式，展现出词体艺术发展的乐观前景”，“扩展了词艺的地平线”。

据介绍，“中华诗词赏析与创作”研修班依托于北航“艺文赏析与体验”教育项目，主要定位为面向全校本科生、研究生的人文艺术素养教育实验班。在满足学生需求的基础上，该班还招收了部分本校教职工及社会诗词爱好者参与学习，其中本科生、研究生占到三分之二，教职工和社会诗词爱好者为三分之一。

主办方表示，这个互动的人文课堂不设门槛，不仅面向师生，也向社会公众开放。希望通过驻校作家与学员、通过学员中大学生与教职工及社会诗词爱好者之间不同层面的交流和碰撞，通过诗、词、楹联创作基本规则技法的传授分享与实践训练，使大家领略中华诗词之精髓，激发其文学创作潜能与思维，加深对中国传统文化及其当代价值的认识，为促进大学人文素养教育、文化传播和服务社会公众做出有益的尝试。

《光明日报》2014年5月6日报道

北航启动2014驻校作家计划

本报讯（记者 姚晓丹） 北京航空航天大学日前启动2014春季驻校作家计划。中华诗词研究院副院长、著名词人蔡世平受聘为北航2014年度驻校作家。在随后的一个多月间，驻校作家蔡世平将以系列讲座、诗词书法创作展、诗词吟诵会等形式，引领60名校内外学员步入中华传统诗词的殿堂，力图在互动教学实践中呈现“旧体诗词”创作的当代魅力。据悉，这60名学员包括40名在校大学生和研究生、20名本校教职工及社会诗词爱好者，全部为自愿报名参加。

《文艺报》2014年5月16日报道

让诗词之美绽放校园

本报讯（记者 明江） 日前，“中华诗词赏析与创作”研修班在北京航空航天大学开班，这标志着北航2014年度春季驻校作家计划正式启动。

由北航文化与艺术传播研究院主持的公益性项目“艺文赏析与体验”，是该校在首届驻校艺术家计划的基础上，深化大学人文艺术素养教育的延续和探索。北航校长怀进鹏表示，近年来，无论是办艺术馆、博物馆、音乐厅，还是试行驻校艺术家（作家）计划，都是基于人才培养的国际视野和文化育人理念，致力于培育学生的创造性思维、科学与人文精神，打造一流的校园文艺教育环境。

中华诗词研究院副院长蔡世平此次受聘为北航2014年度驻校作家。蔡世平表示，驻校开展诗词教学实践活动，是一次诗词文化传播的当代实验推广，希望通过这样的举措让诗词回到世俗民间，回到我们的真实生活里。

《中国科学报》2014 年 5 月 8 日报道

北航启动驻校作家计划
让诗词之美绽放校园

本报讯（记者 钟华） 日前，北京航空航天大学学院路校区内，一个别开生面的“中华诗词赏析与创作”研修班举行了开班仪式，标志着北航 2014 年度春季驻校作家计划正式启动。该班的 60 名学员，包括 40 名在校大学生和研究生、20 名该校教职工及社会诗词爱好者。该项目由北航文化与艺术传播研究院主持。

中华诗词研究院副院长、著名词人蔡世平受聘为北航 2014 年度驻校作家。在随后的一个多月时间，他将以系列讲座、诗词书法创作展、诗词吟诵会等形式，引领 60 名校内外学员步入中华传统诗词的殿堂，在互动教学实践中呈现“旧体诗词”创作的当代魅力。

发言中，北京航空航天大学校长怀进鹏表示，诗词是具有恒久生命力的最美的文学艺术，本届驻校作家计划将主题确定为中华传统诗词赏析和创作，对于弘扬优秀文化、促进文学与大学教育的互补意义重大。他希望，通过蔡世平先生驻校期间在研修班的系统讲授和实践创作指导，将进一步激发同学们的文学艺术禀赋，提升学员的文学艺术通感和触类旁通的综合素质，让古典诗词之美融入师生的生活，在校园中绽放出多彩的人文之花。

据悉，“中华诗词赏析与创作”研修班依托于北航“艺文赏析与体验”教育项目，主要定位为面向全校本科生、研究生的人文艺术素养教育实验班。这个互动的人文课堂不设门槛，不仅面向师生，也向社会公众开放。组织者希望通过驻校作家与学员、通过学员中大学生与教职工及社会诗词爱好者之间不同层面的交流和碰撞，使人们领略中华诗词之精髓，激发其文学创作潜能与思维，加深对中国传统文化及其当代价值的认识。

《中国网·艺术中国》2014年5月4日报道

北航2014驻校作家计划启动
——让诗词之美绽放校园

本网讯（记者 兰红超） 4月30日下午，一个别开生面的“中华诗词赏析与创作”研修班，在北京航空航天大学学院路校区逸夫楼会议室举行简朴的开班式，标志着北航2014年度春季驻校作家计划正式启动。该班的60名学员，包括40名在校大学生和研究生、20名本校教职工及社会诗词爱好者，全部自愿报名参加。这个公益性“艺文赏析与体验”项目，由北航文化与艺术传播研究院主持，是该校去年秋季在沙河校区成功实施以“中国山水画赏析与创作”为主要内容的首届驻校艺术家计划的基础上，深化大学人文艺术素养教育的延续和探索。

中华诗词研究院副院长、著名词人蔡世平受聘为北航2014年度驻校作家，校长怀进鹏院士为其颁发聘书。

怀进鹏校长认为，一所大学的价值，往往体现于通过科学基础、实践能力、人文素养三个环节，在培养人才中创造知识、在创造知识中培养人才，构建大学教育中最基础、最核心的内容。近年来，北航十分重视人文艺术素养教育，无论是办好艺术馆、博物馆、音乐厅，还是探索试行驻校艺术家/作家计划，都是基于人才培养的国际视野和文化育人理念，致力于培育学生的创造性思维、科学与人文精神，打造一流的校园文化艺术教育环境。怀校长表示，诗词是具有恒久生命力的最美的文学艺术，本届驻校作家计划将主题确定为中华传统诗词赏析和创作，对于弘扬优秀文化、促进文学与大学教育的互补意义重大。他希望，通过蔡世平先生驻校期间在研修班的系统讲授和实践创作指导，进一步激发同学们的文学艺术禀赋，提升学员的文学艺术通感和触类旁通的综合素质，让古典诗词之美融入师生的生活，在校园中绽放出多彩的人文之花。

开班式由北航宣传部部长、文化与艺术传播研究院执行院长蔡劲松主持。在随后的一个多月间，驻校作家蔡世平将以系列讲座、诗词书法创作展、诗词吟诵会等形式，引领60名校内外学员步入中华传统诗词的殿堂，力图在互动教学实践中呈现“旧体诗词”创作的当代魅力。

“《诗经》是长出来的；唐诗是酿出来的；宋代诗词是养出来的；清代诗词是仿出来的；当代诗词是放出来的……”在简短的开班仪式后，驻校作家蔡世平开始了“中华诗词赏析与创作”课程的第一讲：《好语慰人间——诗词古今谈》，通过生动地讲解“好语即为诗”的观点及内涵，扼要梳理介绍了中华诗词数千年的发展历程。他广博的文学涵养、丰富的创作经验、鲜明易懂的语言、激情饱满的讲授，使学员们感受受益匪浅。

本次“中华诗词赏析与创作”研修班，共安排了八次讲座的教学内容，将分别于此后四周的每周三、周日下午开课，由蔡世平主讲中华诗、词、楹联的知识，指导学员赏析经典诗词，进行诗、词、楹联的创作实践。随后七讲的主题分别是“作诗容易——格律诗知识”“填词不难——长短句知识”“对联莫忽视——对联知识”“诗句欲圆时——诗词联创作之一”“跟着感觉走——诗词联创作之二”“诗是活的——诗词联创作之三”“神会来帮忙——诗词联创作之四”。

蔡世平将这次应邀驻校开展诗词教学实践活动，当作一次诗词文化传播的当代实验推广，不采用通常的诗词典籍和概念化、程式化讲授模式，而是希望“让诗词从神坛上走下来，回到世俗民间；让诗词从学问家的文章中、书本上解放出来，回到我们的真实生活里。”研修班开办期间，主办方还将在北航艺术馆举办“词随心动”蔡世平诗词暨书法创作展、学员诗词创作吟诵会等。主要教学档案及学员创作的诗、词、楹联作品等成果，也将择优结集成《驻校作家计划档案》一书正式出版。

蔡世平20世纪50年代生于湖南，现为国务院参事室、中央文史研究馆中华诗词研究院副院长。是中国作家协会会员、国家一级作家，迄今已出版《大漠兵谣》等散文集三部，词集《蔡世平词选》《古韵新风》《南园词》等。作为近年来以现代语境下的“当代旧体词”创作受到学术界和社会关注的重要词人，他的词被称为“蔡词”，被认为是“词体复活的标本”，因其独特的艺术个性，“为今后词的创作开辟了一个新的方向，建立起一种新的审美范式，展现出词体艺术发展的乐观前景”，“扩展了词艺的地平线”。

据介绍，“中华诗词赏析与创作”研修班依托于北航“艺文赏析与体验”教育项目，主要定位为面向全校本科生、研究生的人文艺术素养教育实验班。在满足学生需求的基础上，该班还招收了部分本校教职工及社会诗词爱好者参与学习，其中本科生、研究生占到三分之二，教职工和社会诗词爱好者为三分之一。

主办方表示，这个互动的人文课堂不设门槛，不仅面向师生，也向社会公众开放。希望通过驻校作家与学员、通过学员中大学生与教职工及社会诗词爱好者之间不同层面的交流和碰撞，通过诗、词、楹联创作基本规则技法的传授分享与实践训练，使大家领略中华诗词之精髓，激发其文学创作潜能与思维，加深对中国传统文化及其当代价值的认识，为促进大学人文素养教育、文化传播和服务社会公众做出有益的尝试。

《京华时报》2014年5月20日报道

北航启动驻校作家计划

本报讯（记者 张晓鸽） 日前，北京航空航天大学启动2014春季驻校作家计划。中华诗词研究院副院长、著名词人蔡世平受聘为北航2014年度驻校作家。在随后的一个多月中，驻校作家蔡世平将以系列讲座、诗词书法创作展、诗词吟诵会等形式，引领60名校内外学员步入中华传统诗词的殿堂，力图在互动教学实践中呈现“旧体诗词”创作的当代魅力。

媒体视野中的北航艺文雅集

新华社 2014 年 5 月 14 日报道

北航“艺文雅集”礼敬中华诗词

新华社北京 5 月 14 日电（记者 李江涛） 北京航空航天大学艺术馆大厅 14 日洋溢着人文气韵和初夏诗意，由该校文化与艺术传播研究院主办的“礼敬中华诗词·艺文雅集”暨驻校作家蔡世平自书诗词书法展在此举行。

北航文化与艺术传播研究院执行院长蔡劲松说，半个月前，2014 年度北航驻校作家计划“中华诗词赏析与创作”研修班启动。这个不设门槛、面向师生及社会开放的传统文化和中华诗词讲堂，免费招收了 40 名在校本科生和研究生、20 名本校教职工及社会诗词爱好者，在驻校作家蔡世平的带领下，已进行了 4 次系列讲座课程的学习交流。

据了解，蔡世平供职于国务院参事室、中央文史研究馆，任中华诗词研究院副院长。长期以来，他以现代语境下的“当代旧体词”创作而受到关注，因其独特的艺术个性，被认为“为今后词的创作开辟了一个新的方向，建立起一种新的审美范式，展现出词体艺术发展的乐观前景”。同时，蔡世平的书法创作源于自身对文学人生的体验与领悟，清新自然、质朴大气、不矫揉造作。

本次“词随心动——蔡世平诗词书法创作展”是为配合其驻校诗词教学及创作交流活动而举办的，共展出他自书诗词作品80余件。

蔡劲松表示，传统文人雅集重在“以文会友”。这次活动是以驻校作家计划和诗词研修班为载体、主题为“礼敬中华诗词”的大学艺文雅集，邀请到多位知名艺术家、诗词家和学员们共同参与，希望继承和弘扬一种人文交流、思维碰撞、艺术互动、激发创作的“在场”与“即兴”等理念，拓展诗词赏析与创作教学的形式。

《人民日报（海外版）》2014年5月17日报道

北航艺术馆演绎艺文雅集

本报讯（记者　史德）　近日，“礼敬中华诗词·艺文雅集”暨驻校作家蔡世平自书诗词书法展在北京航空航天大学艺术馆大厅举行。

该活动是北航文化与艺术传播研究院主持的“艺文赏析与体验”项目的组成部分，也是该校去年秋季成功实施首届驻校艺术家计划、开展“中国山水画赏析与创作”互动教学的延续。

该校相关负责人指出，“大学文艺素养教育，不应该是一个空泛的概念，而需要在校园中营造一种‘让文学艺术驻校、与文学艺术为友’的氛围，让更多的人参与进来。”

《科技日报》2014年5月20日报道

让理工高校学生接受更多的文艺滋养

本报讯（记者 林莉君） “百世纷纭过客，不染尘俗依旧，美誉为谁传。若有真君子，相见两安然。” 5月14日，谢毅超，这名北京航空航天大学机械学院2012级本科生同学正在台上朗诵自己的诗词习作《水调歌头·莲》。如果不是亲临现场，很难相信，这是一名理工专业大学生的习作。

当日，北航文化与艺术传播研究院主办的“礼敬中华诗词·艺文雅集”暨驻校作家蔡世平自书诗词书法展上，几名同学相继在台上展示了自己的成果：自动化学院2011级硕士生田贵双声情并茂地吟诵了《春江花月夜》；计算机学院2012级硕士生文章乐同学朗诵了自己的诗词习作《五绝·春意》《七绝·秋雨》。

北航文化与艺术传播研究院执行院长蔡劲松告诉记者，半个月前，2014年度北航驻校作家计划“中华诗词赏析与创作”研修班启动。在驻校作家蔡世平的带领下，已进行了4次系列讲座课程的学习交流。60余名学员徜徉在传统诗词的世界中，在与驻校作家蔡世平先生的交流中迸发出文学的火花，纷纷创作出别具一格的诗词作品。

“大学人文艺术素养教育和文化育人，不应该是一个空泛的概念，尤其需要进行当代探索和实践，在大学校园中营建一种‘让文学艺术驻校、与文学艺术为友’的氛围，使更多的学生和社会公众受益。”蔡劲松说。

主题为“礼敬中华诗词”的艺文雅集，邀请了多位知名艺术家、诗词家和学员们共同参与，旨在继承和弘扬一种人文交流、思维碰撞、艺术互动、激发创作的“在场”与“即兴”等理念，拓展诗词赏析与创作教学的形式，多维度地让诗词之美在校园里绽放。

据介绍，举办驻校作家计划和艺文雅集活动，是北航文化与艺术传播研究院主持的“艺文赏析与体验”项目的组成部分，也是该校去年秋季成功实施首届驻校艺术家计划，开展“中国山水画赏析与创作”互动教学的延续。

《中国文化报》2014年6月5日报道

北航举办“艺文雅集” 师生共鉴诗词之美

本报讯（实习记者 刘黎雨） 日前，北京航空航天大学文化与艺术传播研究院举办了“礼敬中华诗词·艺文雅集”暨驻校作家蔡世平自书诗词书法展。

北航文化与艺术传播研究院执行院长蔡劲松在开幕式上介绍，2014年度北航驻校作家计划“中华诗词赏析与创作”研修班于4月末正式启动。这个不设门槛、面向师生及社会开放的传统文化和中华诗词讲堂，免费招收了40名在校本科生和研究生、20名本校教职工及社会诗词爱好者，在驻校作家蔡世平的带领下，已进行了4次系列讲座课程，并取得了初步成果。

本次“词随心动——蔡世平诗词书法创作展”是为配合其驻校诗词教学及创作交流活动而举办的，共展出诗词作品80余件。《词随心动——蔡世平自书南园诗词》一书，也同时由中国青年出版社正式出版发行。

著名女高音歌唱家赵美丽在开幕式上演唱了毛泽东《卜算子·咏梅》，中国歌剧舞剧院国家一级演员、著名歌唱家李元华饱含激情地演唱了李白《静夜思》等作品……学员们也踊跃参与“艺文雅集”活动。

《中国网·艺术中国》2014年5月15日报道

北航“艺文雅集”暨蔡世平“词随心动”诗词书法创作展举行

本网讯（记者 孟媛） 5月14日下午，由北京航空航天大学文化与艺术传播研究院主办的“礼敬中华诗词·艺文雅集”暨驻校作家蔡世平自书诗词书法展在该校艺术馆大厅举行。北航党委常务副书记张维维，中国文联党组成员、书记处书记罗成琰，中国歌剧舞剧院国家一级演员、著名歌唱家李元华，北航驻校作家、中华诗词研究院副院长蔡世平等出席展览和雅集活动并致辞。北航宣传部长、文化与艺术传播研究院执行院长蔡劲松主持开幕式。

在“艺文雅集”礼敬中华诗词活动开始之前，嘉宾和观众参观了北航驻校作家、中华诗词研究院副院长蔡世平的“词随心动——蔡世平诗词书法创作展”。蔡世平供职于国务院参事室、中央文史研究馆，现任中华诗词研究院副院长。他长期在现代语境下创作“当代旧体词”，极具艺术个性，被认为“为今后词的创作开辟了一个新的方向，建立起一种新的审美范式，展现出词体艺术发展的乐观前景”。本次诗词书法展览，是为配合其驻校诗词教学及创作交流活动而精心策划举办，共展出其自书诗词作品80余件。展览大厅中蔡世平的书法与诗词相得益彰，可谓“文先书后、书文并茂，情感抒发、结体超越”，成为一次诗词文化传播的有益实践。《词随心动——蔡世平自书南园诗词》一书，也同时由中国青年出版社正式出版发行。

北航宣传部长、文化与艺术传播研究院执行院长蔡劲松教授主持开幕式，他在开幕式上说“蔡世平的书法作品融合了人生的感悟与体验，清新且自然”。

北航党委常务副书记张维维教授认为“蔡世平文在先，笔在后。虽然北航是理工科学校，但我们非常注重学生的文化培养，也注重学校的文化建设”。

中国文联党组成员、书记处书记罗成琰教授说道“蔡世平的字灵动、俊逸，为书法界吹来一股清新之风。其字源于性灵说，其词富有婉约派的风格，极具文人气和书卷气。要对书法艺术有敬畏之心”。

著名歌唱家李元华认为“蔡世平可以说是让古诗词活起来的典范，他的诗词书写了今天，极具创造性”。

北航驻校作家、中华诗词研究院副院长蔡世平认为“词是一个生命体，能呈现给读者一种生命状态”。

简短的展览开幕后，别具一格的北航艺文雅集活动正式拉开帷幕。本次艺文雅集活动以驻校作家计划和诗词研修班为载体、主题为“礼敬中华诗词”，邀请多位知名艺术家、诗词家和学员们共同参与这次活动。

活动有著名女高音歌唱家赵美丽率先登场演唱了毛泽东词《卜算子·咏梅》，中国歌剧舞剧院国家一级演员、著名歌唱家李元华饱含激情地演唱了李白诗《静夜思》，著名表演艺术家高育发抱恙朗诵了蔡世平词《卜算子·静夜思》及《朝中措·秋摘》等作品，中华诗词杂志副主编林峰吟诵了蔡世平词《鹧鸪天·观荷》，著名男高音歌唱家薛怀喜演唱了《木鱼石的传说》，中国书籍出版社副总编辑赵安民吟诵了习近平词《念奴娇·追思焦裕禄》，以及学生诗歌朗诵及古乐器演奏等。

举办驻校作家计划和艺文雅集活动，是北航文化与艺术传播研究院主持的“艺文赏析与体验”项目的组成部分，也是该校去年秋季成功实施首届驻校艺术家计划、开展“中国山水画赏析与创作”互动教学的延续。本次活动的目的是以文会友，希望继承和弘扬一种人文交流、思维碰撞、艺术互动、激发创作的“在场”与“即兴”等理念，拓展诗词赏析与创作教学的形式，多维度地让诗词之美在校园里绽放，营造一种“让文学艺术驻校、与文学艺术为友”的文化氛围。

《北京晨报》2014年5月16日报道

北航礼敬中华诗词

本报讯（记者 李木易） 5月14日，北京航空航天大学“艺文雅集”礼敬中华诗词诵读会举行。蔡世平等多位知名艺术家、诗词家和大学生通过诗词演唱、古筝琵琶演奏、经典诵读等形式拓展诗词赏析与创作水平，使诗词之美在大学校园绽放。

CCTV书画频道2014年6月8日报道

北航“艺文雅集”暨驻校作家蔡世平书法展举行

【解说】近日，由北京航空航天大学文化与艺术传播研究院主办的“礼敬中华诗词·艺文雅集”暨驻校作家蔡世平自书诗词书法展在京举行。北航党委常务副书记张维维、中国文联党组书记、书记处书记罗成琰，歌唱家李元华等出席展览和雅集活动并致辞。此次驻校作家计划和艺文雅集活动，是北航文化与艺术传播研究院主持的“艺文赏析与体验”活动的组成部分，也是该校去年秋天成功实施首届驻校艺术家计划、开展“中国山水画赏析与创作”互动教学的延续。

【解说】蔡世平，现为国务院参事室、中央文史研究馆中华诗词研究院副院长。他以现代语境下的“当代旧体词”创作受到广泛关注，其独特的艺术个性，“为今后词的创作开辟了一个新的方向，建立起一种新的审美范式，展现出词体艺术发展的乐观前景”。他的书法源于自身对文学人生的体验与领悟，清新自然、质朴大气，呈现出当代文人书家独有的文化气象与诗性情怀。

【同期声】现场表演场景。

【解说】在独具一格的“以文会友”为传统的北航艺文雅集上，主题为“礼敬中华诗词”，邀请了多位知名艺术家、诗词家和学员们共同参与这次活动，目的是希望继承和弘扬一种人文交流、思维碰撞、激发创作的“在场”与“即兴”等理念，拓展了诗词赏析与创作教学的形式，多维度地让诗词之美在校园里绽放。

FULU

附录

北航2014年度驻校作家计划
艺文赏析与体验教育项目
“中华诗词赏析与创作”研修班招生简章

2013年秋季学期，北航率先在全国高校探索“驻校艺术家”计划，首期“艺文赏析与体验”项目“中国山水画赏析与创作”，在沙河校区实施并取得丰硕成果，为大学人文艺术素养教育做出了有益尝试，受到校内外的广泛关注。在此基础上，北航文化与艺术传播研究院将于2014年春季学期在学院路校区推出“驻校作家计划”，以邀请著名作家入驻校园、开办“中华诗词赏析与创作”研修班教学及实践的模式，继续探索实施第二期“艺文赏析与体验”教育项目。

一、项目简介

“艺文赏析与体验”项目在北航文化与艺术传播研究院的主持下，以“文化育人”为核心，秉承“开放、互动、启发、交流”的宗旨，以“探索与创作、审美与思辩、文化与理解”为重点，通过邀请知名艺术家/作家入驻校园，开设系列讲座或公修课、举办文学艺术工作坊或研修班等形式，提供文学艺术赏析与体验的短期教学，鼓励学生参与各类人文艺术体验及创作，进一步激发大学生的创新灵感、发掘大学生的文学艺术天赋、活跃大学生的文化生活、提高大学生的综合素养，从而达到文学艺术“化”人的效果。

第二期“艺文赏析与体验”教育项目的主题为“中华诗词赏析与创作”，由驻校作家主持专题研修班的课程讲授，开设系列讲座及指导文学创作实践，使学员对中华传统诗词的鉴赏能力和创作水平有较大的提升。

二、驻校作家简介

经作家申请和北航文化与艺术传播研究院驻校艺术家 / 作家遴选委员会的评选，聘请蔡世平先生担任 2014 年度驻校作家。

蔡世平，湖南湘阴人，20 世纪 50 年代出生。中国作家协会会员，国家一级作家，《中华诗词》编委。国务院参事室、中央文史研究馆中华诗词研究院副院长。1980 年开始文学创作，迄今出版《大漠兵谣》等散文集三部，词集《蔡世平词选》《古韵新风——蔡世平作品集》《南园词》。2002 年以来，在现代语境下创作的"当代旧体词"，被权威学者称之为词体复活的"标本"，因其独特的艺术个性，"为今后词的创作开辟了一个新的方向，建立起一种新的审美范式，展现出词体艺术发展的乐观前景""扩展了词艺的地平线"。

三、"中华诗词赏析与创作"课程介绍

1、教学大纲

诗词，是中华民族文化的一条永恒的河流。诗词沉淀了中华民族的历史，它在沧桑岁月里流淌，流过了昨天，流进了今天，闪着智慧的明亮的浪花向着明天流去。驻校作家、著名词人蔡世平先生的诗词创作的理念是，让诗从神坛上走下来，回到世俗民间；让诗从学问家的文章中、书本上解放出来，回到我们的真实生活里。

本期"中华诗词赏析与创作"研修班，蔡世平先生将以 8 次系列讲座（共 16 个学时）以及专题展览的形式，精心营造与学员面对面交流沟通的教学空间，为研修班学员系统讲授中华诗、词、楹联的简史和知识，引导学员赏析经典诗词，指导学员进行诗、词、楹联的创作实践。蔡世平先生同时也是一名书法家，驻校期间将在北航艺术馆举办"词随心动——蔡世平诗词书法创作展"，以丰富教学内容。本研修课程的内

容大纲如下：

第一讲，好语慰人间——诗词古今谈

第二讲，作诗容易——格律诗知识

第三讲，填词不难——长短句知识

第四讲，对联莫忽视——对联知识

第五讲，诗句欲圆时——诗词联创作之一

第六讲，跟着感觉走——诗词联创作之二

第七讲，诗是活的——诗词联创作之三

第八讲，神会来帮忙——诗词联创作之四

2、预期成果

通过"艺文赏析与体验·中华诗词赏析与创作"研修班的学习，使学员领略中华诗词之精髓，提升大家对中华传统诗词的了解和鉴赏水平，加深对中国传统文化及其当代意义的认识；通过诗、词、楹联创作基本规则与技法的传授与分享，增进学员的文学艺术素养，激发其文学艺术创作的潜能与思维；通过诗、词、楹联创作的实践训练，使学员结合自身对中华诗词的理解和生活、学习的感悟，创作出诗、词、楹联作品，不断增强其文学知识和文化底蕴，提升其文学艺术通感和触类旁通的综合素质，进而成为兼具文学气质和文化修养的复合型人才。

结合"词随心动——蔡世平诗词书法创作展"在北航艺术馆的举办，研修班将适时举办学员诗词吟诵会。本项目结束后，主要教学档案及成果（学员创作的诗、词、楹联作品等）将择优结集为《与诗词为友·驻校作家计划档案》一书正式出版。

四、授课时间及招生方式

1、授课时间

2014 年 4 月 30 日至 5 月 25 日期间，每周 2 次课程，每次 2 学时（分别为：每周三下午 4:00–6:00；每周日下午 2:00–4:00），共 16 学时。

课程期间及课程教学结束后，将根据需要适时安排驻校作家对学员进行诗词创作实践深度辅导，以提高学员的诗、词、楹联创作水平。

2、招生对象

“中华诗词赏析与创作”研修班定位为主要面向全校本科生、研究生开办的人文艺术素养教育实验班。考虑到选修学员的具体情况，可以以限定对象公共选修课的形式，对学习考核合格的本科生计 1 学分。

本研修班计划招生人数为 50 名左右。根据报名实际，在满足大学生学习需求的基础上，将适当考虑招收本校教职工及社会诗词爱好者参与学习。

3、报名方式

欲报名的学员请填写报名表（下载地址 http://bhcac.buaa.edu.cn/ywsxjy/53819.htm），注明所在院系、专业、学号、联系方式、学习基础与设想等，于 2014 年 4 月 20 日前发送电子版到北航文化与艺术传播研究院邮箱 bhcac@buaa.edu.cn。

北航文化与艺术传播研究院和驻校作家将根据报名情况，确定研修班正式学习人员，并通知入选学员参加学习。

咨询电话：82339976 余老师、孙老师。

北航文化与艺术传播研究院

2014 年 4 月 1 日

北京航空航天航天大学
驻校艺术家 / 作家实施办法（试行）

第一章　总 则

第一条　为进一步提升学校艺术与人文水平，建构涵养艺术与人文的学习氛围及环境，切实加强人文艺术素养教育，为创新人才培养提供应有的文化支撑，特制定《北京航空航天大学驻校艺术家 / 作家实施办法》（以下简称本实施办法）。

第二条　本实施办法以“文化育人”为核心，秉承“开放、互动、启发、交流”的宗旨，旨在丰富文学艺术与大学教育沟通互补的方式，通过将知名艺术家 / 作家引入校园，以系列讲座或公共选修课程（限定类）的形式，提供人文艺术赏析与体验的短期教学，进一步启发大学生的创新灵感，发掘大学生的文学艺术天赋，活跃大学生的文化生活，提高大学生的综合素质，从而达到文化艺术“化”人的效果。

第二章　聘任细则

第三条　凡具有下列条件之一，可申请成为驻校艺术家 / 作家候选人：

（1）驻校艺术家为从事艺术创作或研究，取得突出成果并享有盛名或获有殊荣者；

（2）驻校作家为从事文学创作或研究，取得突出成果并享有盛名或获有殊荣者；

（3）在艺术与人文领域中有杰出表现或重大贡献者。

第四条　北航文化与艺术传播研究院（以下简称研究院）每年在网站上发布驻校艺术家/作家招聘信息。驻校艺术家/作家申请人需下载《北京航空航天大学驻校艺术家/作家申请审批表》（以下简称申请审批表），认真填写包括个人信息、创作或研究成果，以及驻校目标、教学大纲、预想成果等内容，并提交相关证明材料复印件。

第五条　学校成立驻校艺术家/作家遴选委员会（以下简称遴选委员会），主任由主管校领导担任，执行主任由北航文化与艺术传播研究院院长担任，委员由相关领域专家 5 至 7 人组成。遴选委员会主要权责如下：

（1）制定驻校艺术家/作家的相关细则及规定；

（2）负责驻校艺术家/作家的遴选、推荐及审核；

（3）负责驻校艺术家/作家驻校期间的活动规划。

第六条　研究院受理驻校艺术家/作家的申请，并提交给遴选委员会，遴选委员会对应聘人员资格条件进行遴选、审查、评审。驻校艺术家/作家经遴选委员会审核通过后，由研究院发函聘任。

第三章　管理细则

第七条　驻校艺术家/作家在同一时间以一人为原则，驻校时间视本校教学或其它需要而定，一般聘期为 1 至 3 个月。

第八条　驻校艺术家/作家驻校期间的教学、交流、展演等活动规划由研究院与艺术家/作家按照本实施办法规定内容共同协商制定，并在申请审批表中予以明确。

第九条　驻校艺术家/作家驻校期间须举办面向全校师生的公开讲座、展演 1 至 2 场次。

第十条　驻校艺术家/作家驻校期间须全程担任聘期内公共选修课“艺文赏析与体验”（以下简称该课程）的授课老师。

（1）该课程目标以“探索与创作、审美与思辩、文化与理解”为重点，鼓励学生广泛参与各类人文艺术创作，增进其人文艺术欣赏能力，激发其创意潜能，切实提升学生人文艺术素养；

（2）该课程的总负责人为北航文化与艺术传播研究院院长；

（3）该课程为限定对象的公共选修课，共16学时，计1学分，主要供全校非艺术类专业学生选修，选课学生需通过预先选拔，每届总人数限定为30至60人；

（4）驻校艺术家/作家以启发、创造性的主题性课程，讲授其从事的艺术或人文领域的相关内容，包括基础知识及作品鉴赏、创作心得与感悟，并指导学生眼观、耳听、手做，亲身参与文学艺术创作体验等；

（5）驻校艺术家/作家每周为选修课程学生授课不少于2至4学时；

（6）驻校艺术家/作家负责对每位选修该课程的学生进行成绩考核。考核包括签到考勤、创作成果、学习报告及相关论文。甄选后，优秀的创作成果可予以展出，学习报告等可在相关校园媒体发布。

第十一条　授课期满，驻校艺术家/作家须在离校前举办授课成果展或出版授课成果等，以呈现师生学习交流及实践的成果。相关展览及出版物费用视情况由文化与艺术传播研究院承担或予以补贴。

第十二条　驻校艺术家/作家聘任期间如有著作发表，且在发表作品上注明为本校驻校艺术家/作家，可给予适当补助。

第十三条　驻校艺术家/作家驻校期间可协助、参与学校相关文化艺术活动的开展，亦可捐赠艺术品或出版品供本校典藏。

第十四条　驻校艺术家/作家应全力完成申请审批表中的工作计划、内容，并按要求撰写驻校总结报告，研究院将按每月壹万人民币（￥10000.00）支付驻校艺术家/作家薪酬及生活补贴。

第十五条　为配合驻校艺术家/作家的教学实践活动，聘期内将为驻校艺术家/作家提供免费住宿（本校招待所，近授课地点，一般在沙河校区）。

第十六条　驻校艺术家/作家驻校期间的餐饮费用由艺术家/作家

自行承担，研究院将协助其办理食堂就餐卡。

第十七条 研究院对驻校艺术家/作家驻校期间授课产生的材料费（纸张、笔墨等）予以适当补助。

第十八条 研究院为非本地驻校艺术家/作家提供往返机票（经济舱，往返各一次）。

第四章 附 则

第十九条 本实施办法自2013年9月起试行。

第二十条 本实施办法由北航文化与艺术传播研究院负责解释。

图书在版编目（CIP）数据

词韵诗心：驻校作家计划档案 / 蔡劲松主编 .--
北京：北京航空航天大学出版社，2014.7
ISBN 978-7-5124-1452-5

Ⅰ. ①词… Ⅱ. ①蔡… Ⅲ. ①诗词—作品集—中国—当代 Ⅳ. ①I227

中国版本图书馆 CIP 数据核字（2014）第 146343 号

词韵诗心
驻校作家计划档案
蔡劲松 主编
责任编辑 胡敏

北京航空航天大学出版社出版发行
北京市海淀区学院路 37 号（邮编 100191）
http://www.buaapress.com.cn
发行部电话：(010)82317024 传真：(010)82328026
读者信箱：bhpress@263.net 邮购电话：（010）82316936
北京科信印刷有限公司印装 各地书店经销

开本：880×1230 1/32 印张：7 字数：150 千字
2014 年 7 月第 1 版 2014 年 7 月第 1 次印刷
ISBN 978-7-5124-1452-5
定价：29.00 元

若本书有倒页、脱页、缺页等印装质量问题，请与本社发行部联系调换。
联系电话：（010）82317024